続春日真木子歌集

現代短歌文庫
砂子屋書房

続　春日真木子歌集☆目次

自撰歌集

『水の夢』（全篇）

Ⅰ　平成二十六年

歌論・エッセイ

解説

続　春日真木子歌集

自撰歌集

歌集『黒衣《くろご》の虹』（抄）

はぐれのふかさ

賀茂茄子の紺の表皮に映るわれ　映らぬ夫と生死をわかつ

見て飽かず触れても飽かぬソフト帽　革の手袋みながらんどう

柿若葉そよげる風にひかりたる素手も素足もはやまぎれたり

＊

惑星の町のはづれの九尺藤ひとり尋《と》めゆくはぐれのふかさ

四辺形のむらさきふかき空間にはんなりはんなり詩人の浮かぶ

千年の花齢は重し涙腺をしぼりつくして垂りたる藤の

重ねられはた重なりて咲《ひら》く花ほとほと長し老いたる藤の

百の房われに垂るるをくぐりぬけ夕風のごと手を拡げたり

はるけくならぬ

分去《わかさ》れの辻にふたたび会はむゆめさみどり一軀風のごときと

向きあひて朝の卵を割りしこと　小鉢の音のかちあひしこと

「漱石を読む」集会のビラ貼られ辻々の樅微風をあつむ

今世紀最後の鯨とあふぎみる湧き立つ雲の膨るる鯨

こばやし旅館

「水甕」は、平成九年八月、創刊一〇〇〇号を迎へたが
ここ二十年間の編集・校正はこばやし旅館で行つてきた

中野区野方路地の一隅こんもりと緑あかるき枇杷一樹立つ

嵩たかき編集用具搬ぶ路地　蚊柱茫とわれにつきくる

御用聞きのくぐりさうなる板塀の扉を押せばうすき日溜り

厚咲の菊花ひえびえありたればここは菊坂文士の館《やかた》

二十年踏みかさねきし梯子段　この軋み音　この踏み応へ

「菊の間」が編集現場ひさかたのひかり膨らむ畳十まい

旧仮名はねずみきずくずもずみみず　朱に正しつつ遣る瀬なきかな

階段の軋みまつすぐ近づきてうつそりとくる鰻重八つ

ヘリコプターの旋回低く特高の記憶の底のこゑをゆるがす

集団に濃き刻ながれ揺れにけりレトロ志向派　手探り試行派

「車前草《しやぜんさう》」のゆるき自由に遡れあまたの若さこんこんとあれ

ひんやりと過去礼讃を戒めしエズラ・パウンド　熊谷武至

会果てておのおのひろぐる洋傘《アンブレラ》　花柄の傘まつさきにゆく

歌集『生れ生れ』（抄）

生れ生れ生れ生れて生《しやう》の始めに暗く
死に死に死に死んで死の終りに冥《くら》し

空海（『秘蔵宝鑰《やく》』）

手を結ばうよ

たとへこの地球《テラ》滅ぶとも曾の孫にわれは植ゑむよ林檎を植ゑむ

＊

をみなごと性を捺さるる花闇の超音波映像にほろろよろこぶ

花の渦なして揺らぐを腕といふ早ういできて手を結ばうよ

まつさらな脳《なづき》成るころクローンにあらぬ脳の浄きさみどり

＊

二〇〇二年屠蘇酌む宴のまぶしけれ　水に抱かるる胎児をまじふ

爪ほどの蕾つのぐむ芽吹き月　胎児まどかにひかりたんぽぽ

桃の木に桃咲きそろひ影重ぬ　われは曾祖母《ひおほば》　祖母にして母

春潮を見むとし渡る黎明橋　胎児に逢はむゆめふくらめり

みどりごの地図

陣痛の波にあはすやさくら花　一花《いっくわ》　一花　一花咲《ひら》けり

みどりごは何故にみどりぞ艶めける産湯の足裏《あうら》蚕豆に似る

たましひの色はみどりと聞きしかば五体脈うつたましひを追ふ

みどりごの眼《まなこ》に映る草宇宙しろつめくさのひかりの揺れて

春雷のとどろきふかしみどりごの蹠《あなうら》あかく蹴りあげてゐる

みどりごの泣くこゑあれば弱法師《よろぼふし》吾《あ》も立ちあがれ光摑みて

乳《ち》ぜりなくこゑに目覚めつ現目《うつつめ》にわれの子の子の子の口を洩る

絨毯の長き毛足を分けて這ふこのみどりごのいちまいの地図

小さなる人のかたちのほのほのと揺れつつ寄り来一歩また二歩

息しろき冬のただなか尾を添へてやりたき歩みの今日十三歩

うつ臥して否とふ表示あきらかに日にけに此岸になじむ幼児

歩みそめ眼高たかくなれる児が指もて示す彼方《あっち》と此方《こっち》

こゑたかく笑ふ一歳児ま向かへば赤いトンネルこの児にもある

千年紀

千年紀生《しやう》の始めは暗しとぞ然《さ》はあれカウントダウンにはづむ

零年《ゼロ》の朝日あかあかありしかなにんげんの影土に倒して

千年紀の継目《つぎめ》傅し積みあぐるペットボトルの水のかたまり

二〇〇〇年はニーチェの死より一〇〇年目　水のたゆたふ神なき真昼

交換価値ゼロなりし水をなつかしむ手押しポンプの汲みぐちの先

蓄ふる水のたゆたふ身のめぐり言祝《ことほ》ぎのこゑ浮力を持てり

しかるべく流されきたり今宵恋ふ　いろはがるたの手擦れし角を

菜の花舞台

富士山《やま》を彼方此方にあふぎきて平らに群るる菜の花に逢ふ

ほのほのと菜の花明りやさしけれ地上三尺黄のはな浄土

すんすんと花を掲げて灯るなり　光一粒わが掌にもらふ

億万の菜の花に立つ野舞台のなんぞちひさき　人間劇また

菜の花も押し合ひてみる野外劇身振り声わざ影濃くすすむ

朝夕を傍《かたへ》にありし女《め》の孫は舞台のひとりぞなめらに混じる

紅潮し虹を吐かむとあぐるこゑ　あつぱれといひあはれとおもふ

はればれと夢みる汝のこゑ　しぐさ　一語一歩が吾を離《さか》るなり

＊

生涯にひとたび語る台詞なれせつなせつなの芯をもつこゑ

よもすがら練るこゑわざのそらごとが芯をもちゆく宜《うべ》しそのこゑ

鮎の風

安由乃可是《あゆのかぜ》　鮎の風とぞ呟けり雪夜しんしん宇宙ふかしも

電球を振りフィラメント球《たま》の面《も》に触《さや》るやさしさ耳はよろこぶ

飛び石の雪ふんはりと浄土なすこの明るさに亡きひとを待つ

にがよもぎ

土うるむ薬草園をめぐりたり鬱金《うこん》　茴香《ういきやう》いまだなき畝

煉瓦もて囲ひてありぬにがよもぎ灰緑の葉の繁れるところ

黙示録の時間くらぐらとさかのぼりにがよもぎまた苦艾《チエルノブイリ》へ

黙示録に燃え落ちし星にがよもぎ　ロシア原発苦艾《チエルノブイリ》も

降りくる銀杏

二〇〇一・九・一一に寄せて

初代米公使ハリスの館《やかた》趾　タワーのごとく大いちやう聳ゆ

たそがれの眼《まなこ》のごとし冬雲の段《きだ》を降りくる銀杏の玉

降りくるは人にはあらね荒れ土に激突のほてりのこす銀杏

潰えたる銀杏にほふグラウンド満目の景にかきくらみけり

米艦の黒船をいひ原爆をいふいちやう樹のもとの黒き歳月

＊

一途なるとんぼの翅の水平にいはれなくわが体を躱《かは》せり

番号を負ふ松

あゆみ入り違和感のあり松林ビニールの帯しめ番号を負ふ

いはれなく吾はをののけり番号を負ひて並《な》み立つ松の異様《ことざま》

有事とはいかなるときぞわらわらと赤松あかき鱗をこぼす

戦《そよ》ぎつつ戦慄《をののき》につつ木に触《さや》る兵にはあらねこの隊列に

霧がくる霧の世がくるいちはやく檣《ほばしら》たたむ若き樺《かんば》は

露命とふ言葉を思ひ目を濡らす水位のあがるしづけさのなか

蟻地獄

はたといま吾はひとりなり足もとに蟻の地獄の連なりて在る

蟻地獄擂鉢の底つとゆれてうすばかげろふ舌ひらめかす

ガラス戸をいまし踏む脚がいゝいゝがんぼのいづれのいつぽん一歩いづるは

山ごもりの食《じき》なくなればと手渡さる手榴弾のごときアボカド

出水の鶴

ゆふぞらをぬけくる鶴の夕帰行野にばうばうと影ふくれつつ

大空をぬけきて伸ばす鶴の脚　荒れ土踏みて沈むわが脚

目方少なき鳥ほどその身拡ぐとぞダ・ヴィンチの鳥飛翔の論は

風を汲み鶴は大きく翔ちゆけりふつと昏しもわが足もとの

あかあかと咽喉《のんど》をいづる鶴のこゑ野太きものは調べをなさず

翌早朝ふたたび

しののめの土ひしひしと踏みてきつ鶴八千の睡りの傍《かたへ》

あかときは秋のさ水に脚ひたす鶴集団の睡りさびしも

八千の脚みづつみつと水に立つ羨し羨しきこのグループ魂

乱れ翔ちゆらりと浮ける間のありて幼き鶴を真中に並ぶ

鶴の嘴つぎつぎ朝日を突つきりぬわれも掉尾につきたきものを

風に潜むは

眼を洗ひ眼鏡を拭ふ所作の殖ゆ惨劇多きこの年を越ゆ

セキュリティの非常ボタンを枕辺にげにやさしもよわれの安寝《やすい》の

寝返りて小さき風を呑みこみぬ　なんの報せぞ風に潜むは

ロシアまだソ連邦なる地球儀にあかねさす昼虻がきてゐる

歌集『燃える水』(抄)

桃の時間

熟れふかく廃るる桃をテーブルに置きて入りゆく桃の時間に

白桃にむかしの夕映えくれなゐのながれはじめつ灯を消してより

墨すりて夏の短か夜机《き》に向かふ定家にすりよる猫のありしを

愚痴多き定家の猫性《ねこしやう》みえきたる今ぞ親しき『明月記』繰る

小倉百首一番札をいひいでて即ち向かふ近江の宮へ

近江の宮漏刻の上《へ》におごそかに産卵せしか森青蛙

孵るとは落下すること濡れぬれて蝌蚪のさざなみ漏刻台に

漏刻とふ水を積みつぎ示す時間《とき》大和の国の若かりしころ

にんげんの知恵のはじめよひそひそと秘色《ひそく》の水に刻《とき》まあたらし

「時うしみつ　ねよつなど」とゆるらなる時奏恋しも『枕草子』

あゆみ寄り水時計はた日時計にわが影とどむわれの「時の日」

吊られたる柱時計を人型と思へば旧知のごときかんばせ

二百万年に一秒狂ふとテクノロジー電磁波時計の狂ほしきかな

後ろ向きに歩いてみよう忘れゐしミヒャエル・エンデの『モモ』の時間へ

*

滝こだまあれば寄りゆく百の水みなずぶぬれて落ちつづくるを

水走り水落ちつづき水柱たちつづくるを若滝と呼ぶ

身の裡の火照りほとりと崩れけり吾をゆるがすうら若き滝

野の水を汲めるボトルが子と孫と曾孫に回る水の歳月

水系の先に繋がりわが洗ふ桃の産毛《うぶげ》を掌《て》になだめつつ

ポツダム宣言六十年目と呟けりぽつりと桃の核吐きにけり

石油洋上備蓄基地――五島の旅――

ジェットフォイルと継ぎつぎて五島の土踏むこの浮力感
をりをりに見えつ隠れつ島蔭に光を反す巨きプレート
これぞこの石油洋上備蓄基地　干潮《ひしほ》差潮《さししほ》浮き沈みつつ
いぶかりて指さし数ふる貯蔵船白き五艘のつながれ並ぶ
タグボート十二隻に曳く巨体とふさながらにしてガリバー旅行記
幻とまがふしろがね巨大船アラビアンライトしづもるところ
アラビアンライト＝石油銘柄
いふなれば水と油の共棲か　潮《うしほ》に浮寝の石油の塊《マッス》

静電気たつを戒む石油の辺《へ》　風のそよぎに触れあふときも

ライターにひとひらの火の生まれけり「燃える水」とぞ誰かいひたる

掘鑿《くつさく》にあてし原油を浴びたりしジェームス・ディーンの顔のまつくろ

映画「ジャイアンツ」

テキサスの空噴きあぐるくろきもの　ミリオンミリオンおおミリオネア

——五島備蓄基地は世界初の操業と聞く——

油田なき花綵列島あはれなり島曲《しまわ》を白く波の沫だつ

離島にもありなむテロの光る眼に戦争保険の有り無しをいふ

地　震

木製のハンガー壁を敲《たた》きをり地震《なゐ》を知らすや姿なきひと

地震　津波　底ひ揺れつつ小さなるこの国土の傷つきやすし

大方は水とふ躰《からだ》の地震に揺れ浮萍《うきぐさ》あはく頭《づ》に浮かぶころ

ハイリスク・ノーリターン

九十歳の男《を》ごゑ弾めりさ庭べの蜜柑の出来の上々を伝ふ

鈴生《な》りの木の実に喰ひ入る九十歳　そのししむらのゆるぎもあらず

老病《おいやみ》のなくて過ぎけるこの叔父にさやさやと触る木に凭《よ》るごとく

＊

つんのめり階段《きざはし》幾層のぼりつぐ遺体引取人なるわれは

細ながき廊に入りきて右に折れ左に曲る死に会ふまでを

茎つよく草のみどりの茂る庭　生なき叔父と連れだちて入る

ガスは点かず電話は鳴らず九十歳孤独の果ての狼藉を見つ

厨べに女《をみな》のこゑの囁けり寡男《やもを》の翁の火のなき暮し

机《き》の辺にアラビア数字の乱れ散る　石油先物買あまたなる数

ハイリスク・ハイリターンに奔りしか　あはれあつぱれ老いの疾走

生涯は一場の夢　ハイリスク・ノーリターンまた豪儀なるゆめ

斎場に飾るべくして探しけり勲記勲章いづへに潜む

遺されてへたりと坐る古畳　蜜柑十余り乾《から》びてまろぶ

竹酔日

歳晩の街を隔つるひとところ伸びあがりたる青きひとむら

まつすぐに日を照り返す肌を撫づ竹の剛《つよ》きに繋がりたくて

「水甕」の年刊歌集『竹酔日《ちくすゐじつ》』色さめてあり父の書棚に

竹酔日＝此日ニ竹ヲ植ウレバ繁茂スト云フ

戦時下の昏きに編める『竹酔日』根のひろがれと父の名付けし

昼も夜も音なく伸ぶる青竹の伸長量を恃みたりしか

図にのりて東亜協同体論ぜしを疎む歌あり若きひとりの

戦争の歌に正義や愛の語は御免かうむりたしと詠へり

医学生のままにい征《ゆ》きて還らざりきあなあな危ふまつすぐな詠み

風にあそぶ軀幹は見えね根は土を摑みて久し過ぎし歳月

亡きひとのいま踏みおろす脚ならむあをく一条《ひとすぢ》射しこむ光

竹酔日ハ竜生日トモ云フ

朝の日に傾き伸ぶる若竹の皮を脱ぎたりためらひを脱ぐ

伸びしるく匂ひたちたる若竹の竜生ひいづるゆめのまたゆめ

こみどりの樹液のながれ匂やかに時過ぎゆけりわが身にもまた

渦巻きて風の荒るるを押し返す竹の力のりんりんとせり

はらわたを持たざる竹の打ちあへり潔きかなこの交はりも

竹より竹へ張りひろがれる億の根を踏みつつ寂し根のなきわれは

晦日《つごもり》の畳の上にみいでたり本と本との嚙みあふさまを

腹ふくるる図鑑が詩集を吐きいだす弱肉強食に除外例なし

ぽんと背を叩きて戻す文庫本　書架のしりへに隠るなよゆめ

　　堀辰雄記念館

みどり木の囲みしづけき資料室書簡ひろぐる机《き》に近づけり

ハイカラを目的とするを危ぶめる芥川の手蹟《て》の文に魅かれつ

苦しくとも写生的にと繰り返す大正十四年の文字に喰ひ入る
わが生れに近き日に説く文なればインクの薄れ惜しみつつ読む
書架に並ぶ『白桃』『暁紅』『寒雲』の背文字ふとぶとわれに迫り来
龍之介書簡に並ぶは迢空のペン字手蹟ぞほそくながるる
長居して御つからし申さなんだか——息ざし緩りと迢空の文
『死者の書』の映画企画を聞きとめつ朴の木洩れ日つと揺れにけり
「したしたした」「つたつたつた」の音擬《もど》き遠つ国よりみどりを洩れて
喜八郎の人形アニメの映画化を期すべく吾も「ひとこまサポーター」に

喜八郎＝川本喜八郎

人形の浄らなる面《も》に語らする音擬《もど》きこそなまなましけれ

古墳型の柱時計が刻うてり臓腑《わた》やはらかく眠りてゆかな

中野区野方

なつくさの中野区野方わが門《かど》にりいんりいんと鈴虫の呼ぶ

くきやかに印鑑を捺し鈴虫のこゑを受けとる白昼のあり

摺り足に寄りてゆくなり翅すりてこゑはなやかな雄《を》の傍らへ

たな曇りこの世の冥さ鳴きたつる虫のあとよりにんげんのこゑ

闇の粒となりし鈴虫捨てに出づ赤き火星《マルス》のまたたきの下

不連続の連続ありき薬瓶どつとこぼるる百錠の白

びいどろの皿に水蜜切りわくる胸を濡らして待つ幼児に

ねんごろに花豆食ぶる幼児の一重瞼も夕ぐれゆけり

青嵐若き樺《かんば》はほむらだち水の柱となりてしまへり

すこしづつ蘚《こけ》ふえてゐむわれなるや昼寝《ひるい》のさめぎはうすあかりつつ

紙幣の三人

神功皇后　紫式部　樋口一葉　ケースに見較ぶ紙幣の三人《みたり》

妊りの身に出で征きし皇后を紙幣に称へき明治のなりゆき

海原の魚《うを》が御船《みふね》を負ひたりと古事記中つ巻神がかり伝ふ
征韓をなし皇后ふくらかに常若《とこわか》に在《いま》す壹圓紙幣に
明治十四年紙幣一円の価値を問ふ平成五千円ほとほと薄し
ひとところ箔の光れる新札の古《ふ》りゆかむ先おもひ虚しも

水の穂先

噴きいづる水のはじめのためらひを見てをり水はうぶうぶと生《あ》る
三秒を噴きあげ一秒とどむとふ水の穂先のふくらめるとき
水底のはるけき雲もたゆたへる水も生きもの呼びたくて寄る

歌集『風の柱』（抄）

抜け穴

いつも押す最後の#《シャープ》　古井戸に沈めたりしかわれの伝言

けさは雪　ぽつんと寒気ひびかせる真鴨のやうなわたくしのこゑ

雪ふかく落つる椿の向う見ず　この世に抜け穴まだありさうな

隆起せし企業崩るるさま見えてみるみる雪の嵩減りてゐき

雪の日の戒厳令　二・二六とクロマルを入れて覚えきたりき

紅梅の紅《こう》のにじめる雪しづく雨女われを呼びよせてゐる

峠のタゴール

古本は紙一束に過ぎざると時世を嘆く店主につきあふ
後ろへと退《すさ》るよろこび装丁の褪せたる『タゴール詩集』購ふ
印度詩人タゴールを誰も知らざれば切り離されて籠る幾日
タゴール像ありとし聞けば師走尽零下七度の碓氷峠へ
トンネルを抜けてまた入るトンネルに切りこみ来《きた》る光清しき
閉ざしたる峠の茶屋に水仙が緑の耳を寄せあひてゐる

人間にも鳥獣《とりけもの》にも会はぬ径落葉を乱し大き音たつ

やうやくに見いでしタゴール胸像のくろきを風の吹き撫でてをり

地に張れる木の根踏みしめ爪立ちてタゴール波うつ鬚に触るるも

自詩『ギタンジャリー』朗読せしこゑを金鈴ふるふごとしと伝ふ
『ギタンジャリー』＝ノーベル賞受賞作

動乱の空と大地の暗まりを予言す日本の方向失調

タゴールは帝国の時宜に適はずと疎外したりき　狭き日本

「人類不戦」唱へしタゴール香ばしも憲法九条あやふき今こそ

右群馬左長野の標あり円き地球に境は要らず

枯木原透きくる光まばゆけれ一つの思想貫きし人に

午前四時粉雪積みてひとつ木がひとつ象《かたち》を持ちはじめたり

左右相称《シンメトリー》に枝張る一木の雪浄し白きガウンを着たるタゴール

雪も樹もタゴールも吾も奏であふ同じ鼓動に宇宙のリズムに

ドラゴンの土

防衛庁は、平成十二年五月、港区赤坂から新宿区市ヶ谷へ移転した

いかめしく此処にありにし防衛庁いまがらんどうあらがねの土

二・二六兵《つはもの》たちの踏みしめしここ龍土町ドラゴンの土

武装なき宙《そら》はればれしたまさかに翼《はね》をちぢめて降《お》りくる雀

理論武装の明日こそ見えね種なしの葡萄食みつつ交はす若きら

外資系ホテル建つとふこの跡地間なく平《たひ》らに均《なら》されゆかむ

姿なく行き交ふ電波ひしめきて小春日和の膨らめる闇

冬の岬

冬波の荒きを見むとひとり来て上げ潮どきの岬に立てり

岬とは寂しきところ突端へ風に押されてわが来しところ

寝返りを打ちてまた聞く波の音もんどり打ちて波返りゐむ

ほんたうに地球は円いのだらうか三角の眼に争ふ日日も

夕虹

ゲリラ的豪雨の去りて虹たちぬ音なく立ちて天を崩さず

虹の環のいま目の前に立てること太陽系水惑星にわれら在ること

はじめての虹訝しむ児に答ふ二十世紀の此《こ》は忘れもの

手を垂りて虹の弧のもと一列に並ぶ族《うから》に青匂ひたつ

虹の根に金の水脈あるならむ浅間高原《たかはら》あをあをと濃し

どうみても虹のひといろ足らざれば疑ひふかしニュートン光学

ほほゑみを尽くして消ゆる夕虹のこれも晶《すず》しき訣れのひとつ

虹好きの茂吉の歌を拾ひつつ虹の「あはれ」のみならうひうひし

日本の色

風冷えて天上をわたりきたれども紅葉《もみ》づる色にならぬ柿の葉

柿落葉は日本の色といつくしむシベリア抑留ながかりし人

地に映えて柿落葉の朱ありにしを草木国土の異変の一つ

横たはり薄明りしてゐたりしが今日捨てられつ鬆《す》入りの大根《おほね》

芯に鬆の立ちし大根を惜しみ撫づ瑞瑞とありしよわが二の腕も

新鋭のごとき光を選びきぬ皿にさやかに秋刀魚は並ぶ

『ハイネノ詩』

柴舟＝尾上《をのへ》柴舟《さいしう》

柴舟のここ通勤路御殿坂　植物園の塀沿ひにゆく

濃き光坂にながれて山高帽子金縁眼鏡の柴舟の影

日ざかりの師のなき坂をいゆくなり来《きた》る世までをつんのめりつつ

百年のほつれを押さへ手渡さるこれぞ『ハイネノ詩』の初版本

ハイネノ詩をハイネノさんの詩と紛ふ若きに向かひ笑ひもならず

柴舟全集企てたれば紛れ入りぬ明治の空間植物園に

くろどりの鴉が樹樹を叩きをり伯林《ベルリン》ならぬ柏の林

「水甕」創刊の前に「車前草社《しやぜんさうしや》」があった

らりるれろ　日本語あやしき一団が扁《ひら》たくつづく車前草《おほばこ》を踏む

如意棒

階段の次なる段におろす脚疼きいだせり身中に棘

家壁をつたふ日日なり膕《ひかがみ》を切られし古代ローマの捕虜か

伸縮自在の杖をすすむる声のせり如意棒ならばと吾は応へつ

なま枯るる脚支へよと渡さるる杖よこれより如意棒となれ

冬の鷹

浅間嶺は冬の黒板ふとぶとと天意のゐがく雪のひと刷毛

風ながれ浅間の山の斑雪《はだれゆき》匂ひたちたり空の花たれ

野守のごとただ立ちつくす電柱にひと塊《くれ》の雪かしづきてゐる

山荘の床にころがりいでしもの冬の木の実のごとき補聴器

高原に見し冬の鷹わが胸に飼ひ馴らさむか百日百夜

四世同堂

いつよりかわれに食ひこむ棒のあり夜の鉛筆真昼間の杖

隅隅まで風を通して漲れる黒鯉太郎赤鯉花子

手より手へ笹粽分け家族なり四世同堂《スーシートンタン》頭《づ》を寄せあはす

山芋を勇みて摩れる幼児に棘あかるめり卸《おろ》し金の棘

四代のをみなの寄りて苺食ぶ母なきわれが一つ余分に

歌集『百日目』（抄）

棒立ち

揺るる瞬床柱に寄り縋りゐつ老いのわが身のいまだ素早し
底ごもり響動《どよ》む気配す庭土をてんでばらばら雀とびたつ
立ちくらみか余震か知らね朝に夕踏み来し庭に足のなじまず
大地震がわれを揺すれり美辞修辞奪はれゐたり棒立ちのまま
震へつつ花散りゆけり地震あとの梅もわが身も荒びて冬木

＊

鉛筆をまづは真直に持ち直す余震の揺れに聡くなりたり

白紙《しらかみ》に光は射せど強張《こはば》りしわが身体は言葉を拒む

八方にしだるる桜の枝《え》のそよぐ壊れやすきを抱くごとくに

うつうつと今年の桜散りゆけり花見客なき空白に散る

百日目

防災都市を防空頭巾と読みてをりいつか壊れむ都市もわが頭《づ》も

終末といへども愛と希望もち詠めとぞヘルダリン本当ですか

地震の揺れわれ関せずと眠りゐる児のてのひらはさくらいろなり

三歳児まだ口下手の赤き舌応へてやらな明日あるために

お早うと鸚鵡返しに交はすこゐ力づよしもこの平凡が

疎開して来よとの便り枕辺に今宵は体《たい》を平《ひら》めて寝ねむ

組立て式の住居ぞよけれ鴨長明方一丈の庵うべなふ

日野山の栖《すみか》「方丈」長明の移り住みたる住居哲学

人声の地震に絶えたる路地の奥けふ雀子のこゑ集まれり

水溜りに映るしばしの雲とわれ裡なる怯え測れざりけり

*

立ち上がれたちあがれとぞ世の声に応へて立てり菖蒲《あやめ》のあまた

一茎に一花をかかげ立ちあがる菖蒲に気負ひの搏動を見つ

方形の菖蒲田めぐる日本人礼を正して粛粛とゆく

見る見らる見らる見られて花菖蒲四方の人目にながき一日

本日の放射線量いひいでてくちびる寒しあやめむらさき

百日目今日の菖蒲はむらさきを垂りて一刻鎮もりてをり

春の尖り

円いのか尖つてゐるのか確《しか》と見むテポドンにあらず庭木の新芽

花曇りの坂のぼりきて渡さるる此《こ》は光り物まぶしき針魚《さより》

洗はれて春の潮に尖りしか針魚のあをき口拭ひつつ

しみじみと針魚に塩を振りそそぐ死体美容の技うつくしく

失せ物は自《し》が辺《へ》に近くありといふ春昼ふかしわが身のほとり

息長に

立てば百日紅《ひやくじつこう》坐りて見れば千日紅《せんにちこう》われ息長にその紅《こう》を吸ふ

湿度計80を指す昨日今日わが体内に鰾《うきぶくろ》欲し

生《あ》れしままの尺取虫の屈伸を這はする幼の腕もやはらか

尺取虫《しやくとり》の尺を知らざる七歳児にメートル虫と言ひかへてみむ

手の甲より二の腕へと尺取虫の命の全力みどりの屈伸

虎の孤独——七回目の寅年——

金屏風《きんびやう》の金の耀ひ抜けられぬ虎の孤独のしびるるばかり

金屏はすばやく畳め金の闇踏みていでくる猛虎のあらむ

遠き世の虎を旧知のごとくいふ等伯の虎北斎の虎

十二月晦日は寺田寅彦忌　藪柑子の実ひつそり赤し

寅彦は藪柑子と号した

弓なりに垂るる虎尾草《とらのを》てのひらに受けてふつくら温し虎の尾

寅年のわがたましひの飢うる日か真竹のみどり硝子戸を打つ

鳶の輪

いまわれは円の中心輪をちぢめ降りくる鳶に狙はれながら

山住みの鳶の親しも風に乗る翼《はね》の裏側ちかぢかと見つ

退屈を耐へよといふか夕空にゆらぐ鳶の輪全円ならず

＊

梅に母　桜に女《をみな》潜めるが八十歳のわれの華やぎ

一日に一日を足し生きゆくを松の新芽の伸びに見てゐつ

炎熱の

朝の手にひらく雨戸のこの熱さまだまだ暑くなりゆく暑さ

地に反射《かへ》す熱より足をひきあぐる朝は一寸真昼は二寸

炎熱の路面は白く明るめりいゆく生類《しやうるい》の影一つなし

地下一〇〇〇米のボトルの水を飲みつぎぬわれは濡れた木　青空に向く

うつつ世に最も老いし太陽がもつとも若いと明治の男

風に影ゆらぎてわれを追ひ抜けりフランツ・カフカか細身の速歩

人を追ひ人を抜くなきわが一生けふは抜きたり母の齢を

始筆

新年《にひどし》を大股にわが越ゆるべし光に濡れて飛石の待つ

私《わたくし》に似るな似るなと紡ぐ歌その立ち姿おしなべて凡

二〇一一年一月二日横棒の多き始筆に心ゆるめず

横棒の書けざる弟子を憐みし柴舟を思ふ一月二日

四代の女《をみな》の手業《てわざ》昆布巻にあな縦結び混じるよろこび

炎ふたたび

七種《なないろ》の秋草文の手塩皿吉事《よごと》に集ふ家族を待てり

にんげんと隔りて聴く除夜の鐘しんと明るき青磁壺の耳

添はせゐてわがたなごころ温もれり志野平皿の肌の沫雪

雪が来る寂しさが降る気配せり侘助一輪とりこみてをり

火焰土器のやうな歌ねと言ひまししし河野裕子さんこゑひかりたり

春の川

湯上りの濡れて光れる児が走り春一筋の川生まれたり

鳴門渦の道

阿波鳴門ガラス張りなる渦の道踏みしめ踏みしむ渦の真上に

渦なせる逆さ白波ひろごりて押しうつりゆく潮ゆたかなり　松田常憲

昭和六年観潮台に父の見し逆さ白波いま眼下に

たぎつ瀬とうねるよどみに眼を据ゑし父よ父よ渦たちそめつ

寄りあひてぶあつき波に乗る渦の崩れ逆立ち炎だちたり

うねりふとき波切りてくる観潮船傾きながら渦と争ふ

大渦を解かれて四方《よも》に退る沫　色奪はれし極まりの白

歌集　水の夢（全篇）

I

平成二十六年

今日の拳

百日紅剪定終へし枝《え》の先に宙《そら》突きあぐる拳が並ぶ

幹も枝もなめらにあるに百日紅冬の拳を固めてゐたり

現つ世に迎合ならず暗みくる天の涙を拭ふ拳か

拳とは男の涙を拭ふもの終戦の日の父を忘れず

戦前も戦後も知らぬ拳たち膝に揃へて写真撮らるは

枝先の握る拳を開きなば花さるすべり零れくるにや

白紙に空《から》の拳を置くのみのわれを置き去り時は闌けゆく

年越しの厨の香り椎茸が小さき拳をほどきゐるなり

八つ頭拳を宥め煮ふくめむ煮こぼれの湯気わが顔を打つ

すはは　米寿

米寿とぞそらおそろしき通知くる保育園児の向日葵の絵と

満年齢八十七はハナの年華やぎあれと日日在りたるに

数へ年老いを早むる数へ年八十八歳ハハと笑はむ

す　米寿やをら浮きたつ家族《うから》らに華甲へ還る鍵ひとつ欲る

燃えよとぞ狂へとぞいまくれなゐの薔薇が米寿の胸先へくる

太陽と繋がりたくて薔薇いちりん炎をぬきてわが胸に挿す

二十二歳長寿を競ふ家猫に敬老カード曾孫が贈る

舞ひ舞ひて揚羽は渦をひろげをりハリケーンへの初のそよぎか

雨脚をつきぬけひらく曼珠沙華茎ほそほそと紅《こう》おとろへず

咲くといふ一途の極みうつくしも尖りて笑ふ花蕊の張り

一夜さを抗ひたりしくれなゐの美《は》しき尖りを米寿のわれに

七年目の脱出なるに嵐の夜を選びし勇者の空蟬拾ふ

やさしき闇

うるほひて年を迎へむ宗達の風神雷神眼に宥めつつ

紅梅の花芽に触るる指がしら春待つわれは前のめりせり

見尽くせり見尽くされたる紅梅のほほゑみを待つ初いちりんに

ゆるやかに生を積むべしももいろのヒマラヤ岩塩わが前に照る

老いといふやさしき闇の充つるなか点しつづけむ幻の火を

おほらかに墨を撥ねあげ書き継げり八十八歳わが年賀状

暦年齢手なづけながら降りゆかむ平らに辷りやすき階段《きざはし》
ひつそりと日陰に並ぶ原木が耳を開けり肉厚茸《きのこ》
朽ちし木に生ひて列《つら》なる茸《くさびら》は群集の耳何を聞くにや
いましばし耳聡くあれ現つ世に秘密ひそひそ潜むとあれば

真白き山

晩年と言はれたりしは十年前フェニックスを背に置きて来ぬ
曼珠沙華はなのをはりて気付きたり畢《をは》りかぎりなく華《はな》に近きを
来し方の八十八年振り向けば柱時計に翼のありき

8の字を横に倒さば無限大　臥して待たむかその無限大

祝はれてシャンペングラス合はす音カチリとわれの冬を割りたり

書き継ぎて万年あれと贈らるる万年筆よアルプスが匂ふ

見守られブルーブラック充塡す祝砲一つ打つときめきに

したためて一筆啓上筆太に辷りよきかな金の穂先の

アルプスの山の白きを恋ひたれば白馬の山に誘《いざな》はれたり

白馬《しろうま》に横乗りてみむ一瞬の夢まぼろしに漲るわれか

冬ばれの指さす彼方遠見ゆる真白き山を吉兆とせむ

＊

黄金《わうごん》を噴きいづるがに山椒のひともとわれの臘月を占む

ふつくらと小春の温み抱けるは庭山椒と蒲団の曾孫

わたくしの輪郭おぼろとなる刎れ山椒の前に一歩踏みいづ

黄明りに手をさし入れて声をあぐあな山椒の棘の総立ち

晴れやかに外あかりつつ山椒も荒みてゐるか棘の苛苛《いらいら》

木の芽和へ　はじかみの花　実山椒　季語香ばしく親しみ来しに

真つ白の新幹線にゆきゆけど芒穂見えず寂しきろかも

単線路芒と風に添ひながらわが佶屈をほどきてゆかな

風消えてはらり頭を垂る穂芒の祈りに暮るる今日の小安

明日の心に

いまわれの地平の彼方はればれと白馬連山尾根かがやけり

一歳の太郎と歩み揃へつつ白馬の雪を踏まむときめき

雪の上《へ》に雪降りつぎて人寰《じんくわん》の時間も音も消し去りゆけり

闇を切る雪を仰げる一歳児伸ばす咽喉《のんど》に若草匂ふ

俯く枝《え》上向く枝にも雪の量平等にあり神のふるまひ

雪山に籠もり書き継ぐ年賀状音なき真昼の文字ふくらめり
四角四面を厭ふ年ともなりたれば円い切手を賀状に貼らな
ももいろに朝焼け滲む樹氷林　眼を押し出して近付きゆかむ
わが太郎指さす先に太陽がぽかり浮かべり光の虚ろ
中天にいま太陽は現れつ鬣のごと光放射す
何に飢ゑこの冬山に来りしか労はられつつ忘れてしまふ
雪の夜の会話なめらに弾みたりしばし家族に合はす辻褄
曇りたるガラスを拭ひわれは見む天馬の蹄宙《そら》に浮けるを

天空ゆしづかにおろす夫の足もしやとリフトに探す時の間

待ち合せは地蔵の型なす雪だるま早う来ませよ目鼻ある間に

さよならと雪の白馬に振る右手《めて》よ馬の手綱を操る馬手《めて》よ

たのしみは春の雪形ウォッチング雌馬か雄馬か現るを待つ

寒晴れの真白き山のとんがりを奪ひてゆかな明日の心に

＊

若冲《じやくちゆう》の八十一歳蔬菜図の蕪《かぶら》を今日の拠りどとなさむ

若冲＝伊藤若冲

ひと息の筆の走りの小気味よし蕪は見得を切る立役者

若冲の蕪を夕餉の鍋に入れ養はむかな夢見る力

味噌汁と蕪の漬物肝油のみ梶井基次郎の日日の朝食

基次郎食事日記に知る粗食『檸檬』一顆の爆発は謎

太郎月迫りてくれば冬青菜洗ふ手付きも自づと撓ふ

慈姑《くわゐ》とは物分りよき姑か時間をかけてじんわり炊かむ

うす味にとぼけ煮あがる慈姑には嫁菜の若き緑を添へむ

スペルマに拘はるならむ若きらは慈姑素気なく食べ余すなり

大皿をはみ出す髭にそよろ触れ海老にたづねむ正しき呼び名

食品偽装に因みて

這ふは伊勢泳ぐは車と海老を聞くわが待つ皿にのるのはどちら

花は酢に葉は揚げ物に供花の菊いつぽん抜きて味はひてをり

巳《み》の年は已《すで》に過ぎたりいま一度己《おのれ》に還れ老いの素心《そしん》に

節目

黒豆が蓋押しあげて煮こぼれぬ去年と今年の節目茫たり

八つ頭怒りの拳を煮ふくめむ胃腑やはらかく待つ幼らに

籾殻にひそむ百合根を探りつつ杳《えう》と添ふなり母の若き手

杉箸にのせて啜れる生雲丹にめでたくあかる新春《はる》の咽喉は

楽碗にすずなすずしろ頭韻をそろへ注げり七草の粥

花水仙

縦長の箱にをさまり横たふは越前岬の花の水仙
潮風に煽られにしや葉の撓み触れつつ深むわが冬の生
あの壺にこの瓶にもと水仙を挿してはればれ大寒を越ゆ
水仙の花の真中に黄金なす越前岬のま昼の星が
水仙にひそと潜める星屑が香りはじめつ　睡りに入らむ

春の雪

横ざまに窓を擦りくる春の雪　一幕ごとに闇ふかまりぬ

裸木の片方《かたへ》ひつたり雪積みて白孔雀尾を垂りてゐるにや

夜空より白ちりぢりに降りつぐを羽毛と思ふ　思ふおそろし

炎《も》えてゐるいま耐へてゐる青竹は一節ごとに雪を積みつつ

桃いろのぬれぬれ濡るる雪搔きが門の鉄扉を飾る日没

桃夭の里

大字《おほあざ》とふ境界たもつ村里に絵本をひろげしやうな桃畑

桃の花あかる小径の親しかり一茶の歩みし標《しるべ》に出会ふ

鶏《とり》　家鴨加へて絵本と顕たせつつ一茶の昔にたちかへる里

桃里の小径分岐《わかさ》れたづねあぐ陽炎ほどの一茶の面影

桃の花　蝶のとび交ふ翅あかり擦過音なき時間《とき》光りたり

桃木立真下に少女《をとめ》の隠れゐむ桃夭《たうえう》の詩句口遊みつつ

桃に寄り一茶に寄りゆくわが胸に手足幼き春の蠅くる

花桃に怡楽《いらく》悦楽　詩経より連鎖の春なり一茶もわれも

さくらより桃にしたしき窓障子まろき人語の洩れくるごとし

さくらより桃にしたしき小家哉　蕪村

コンビニも茶房もあらず此の里に右旋回の風などくるな

筆鋒の枯るる土筆の並ぶ土手腰折りて寄る一《ひと》足三《み》足

里はづれ小暗くあをきひとところ鉾を揃へて杉の木立の

立ちならぶ幹を夕日の伝ひたりゆめゆめ染むな国防色に

Ⅱ　平成二十五年

夢

写真（永石勝氏撮影）とのコラボレーション

睡りは小さな死だ。私は宇宙を彷徨ひ、異星へと旅をしてゐる。同じやうに彼岸の人たちの魂も浮遊し、たまたま出会ふことがある。夢さめて知るのは生への懐かしさである。夢は小さな生命、ふたたび今日を生きる私の原動力だ。示された写真によつて、緑と生命の繋がりを感じた。魂の色もまた緑だ。緑の一隅がふと翻る。あれは誰の魂だらうか。

かいくぐりみどりの闇に濡れて待つさみどり一軀顕ちくる夢を

夢はまたひとつの意志の持続である

夢はまた火色の言葉と知るまでをあなたと歩く熱砂の上を

あの方《かた》の指さす彼方へ歩をはこぶ身は灼かれつつ大地はてなし

門

――大正三年創刊の「水甕」は間もなく百年を迎ふ――

東京駅百年目なる復元に大正三年遥けくあらず
日本が一等国を目指しゐし象徴ならめ駅舎の威容は
大時計の針の進みを見上げゐつ百年の刻かく刻まれつ
横長の赤き煉瓦の駅舎前　馬車人力車光を踏めり
駅員が鋏を入るる改札の懐かし切符を握り待ちゐし
カンカン帽被りて柴舟鮮満の旅に発ちしよ昭和三年

雄ごころに東都へ来にし若きらの歩廊のひびき弾みありしか

鋭《と》ごころに東都を離《さか》る多しとぞ三・一一以後のホームは

来る去るの差異はともあれかくもあれ東京駅は人生の門

車前草《しやぜんさう》社柴舟門に拠りて来し牧水、夕暮　青杉のごと

黒表紙に沈黙ふかき水甕誌合本の山身めぐりに置く

秋日和日向に並ぶ合本のやや膨れきつ言葉溢れむ

友ありて直三郎に集まりし壮《わか》き意気充つ水甕初号

直三郎＝石井直三郎

大正期黄ばむ頁に浮きいづるでもんすぴりつと岡本かの子

砦《とりで》のごと積む合本に凭《よ》るしばしひびきくるなり甕の水音

うろこ雲相寄り離るを映しつつ水の一筋流れゆくなり

うろこ雲ひとひらづつが先達の白き睡りか和して流るる

「水甕」は「和して同ぜず」を標榜してきた

水甕に異端ありけり日比修平新芸術派を掲げひるまず

戦中をはたりと噤みし修平の伏せの姿勢はいまぞ悔やまる

てふてふはとてもしつこいよしなれば伏せの姿勢でやりすごすべし　日比修平

地に低く翔《た》つてふてふを今朝は見つしつこくとぶなわれらのめぐり

本名に還りし明石海人の墓処に溢れゐき白あぢさゐの

海人も修平も生みし水甕は八功徳水《はつくどくすい》と塚本邦雄

自叙伝の長歌にゆづらぬ性《さが》の見ゆ明治の士《さむらひ》　松田常憲

実存とは此処に在ること床板を踏みならしつつ加藤将之

勁きこゑ澄みていましき過去礼讃つね戒めし熊谷武至

口遊むごと詠みいでて日常に不可思議の添ふ高嶋健一

巾広き流れに混じるわれならめ水皺《みじわ》きらめく一滴にあれ

くれなゐの一茎ごとが支へをり火山灰地の蕎麦の実りを

虹のごとありにし合歓に莢垂りて次代の種なす計らひのあり

ほろほろと花も言葉も百日の紅《くれなゐ》を終ふわがさるすべり

百年は永く短く切なけれ時と温みを頒ちあひつつ
　百年目とは
空いろの絨毯の上《へ》に振られたる春の骰子《さいころ》　明日あかるかれ
あたらしき発心のあれ水甕の百年の水汲みあげにつつ
繫がむか逸《はぐ》るるためか百年を問ひつつ孤独　百年目とは
一つ事成すには一つ身を捧ぐ此度はどつとどつと白髪
会果ててぴしりと机を畳む音　かくは畳めず生への執は
角と槍押し出す小さき蝸牛じとつとありたりわが手の平に

蝸牛殻を負ふのは宿命か角出せ槍出せ殻脱ぎてみよ

焦れつたき一日の終り夢に逢ふ幽界よりのモノクロの笑み

寝返りてまた裏返る　地球儀の真中の赤き道をたづねむ

道標《みちしるべ》欲しき今なりわが前をまろぶ桜の一花の光

桜木の根方とつぷり闇のありそを埋むべく花こぼれつぐ

*

指さして共に仰がな現つ世を拓きて駆くる天馬《ペガサス》の翼《はね》

新しき水

まだかまだかと半ば怖れて待ちてゐし「水甕」創刊百年の春

ひとつ火を継ぎて継ぎての百年ぞわれは九人目アンカーにあらず

変はりしか変はらざりしか小歌誌の百年を問ひわれは苦しゐ

安定を敢へて選びて繫ぎしか無頼のこころ探すさびしみ

柴舟が紫舟とあるを直したり菫むらさき摘みゆくやうな

あかつきの夢に来給ふ面影を思ひ出でては稿に加へつ

遺るとは死者の記憶を担ふこと馬酔木にふるふ白き壺花

鮎の風涅槃西風《ねはんにし》また春一番巳年今年の風のゆゆしき

校正を言訳として詣でざり三月父の忌沈丁花《ぢんちやう》かをる

手より手へ若きをめぐり戦中の薄き旧誌に熱き時間《とき》あり

百年を百一年へ繋ぐいま正念場とぞまつすぐのこゝゑ

若竹にまたもや先を越されたり私が私を脱ぎたきときを

片づけて四辺形へと戻る部屋けふねんごろにロボット掃除機

身疲れに籠り居つづく春日永　百いろ眼鏡渡されてをり

変化なきけふの倖せいつぽんの鉛筆に添ひ寝ころびてゐる

三日見ぬ間にひらく花水木祝祭のごと空あかるめり

身を花に埋めて憩ふ鳥の知恵　畳む翼をわれは持たざり

水奔る信濃へゆかむ百年の枷放たれてよるべなき身は

凭《よ》りたしと仰ぐ浅間嶺雪解けの卯月の浅間肩やつれをり

むらさきに夢のいろなす桐の花日付を忘る涼しき時間

山よりの八十八夜の風みどり樹木もわれもみどりに濡れむ

さみどりの苞《つと》は芽立ちのコシアブラ　ルーペに探る高原の春

コシアブラ漉油はた古之阿布良もっとも宜し金漆の文字

金漆　金のもたらす瑞兆をたのみて添へむ朝粥の上

蕗の薹アカシアの花楤若芽揚げ油よりいづる山の香

たんぽぽも菫もまじる若草によろこびてゐるわが土踏まず

水分《みくまり》の神は高きに在します石の階《きざはし》六十七段

流水を分くる七つの村落の末に据ゑたし水甕ひとつ

ブルガリアより「水甕」入会告げて来ぬ日本語学ぶ十九歳は

横書きのラテン文字なる五行詩もわが「水甕」の新しき水

水の力

つばくらめ鋭《と》く目交ひを截りゆけり昨日と今日を切り分けゆけり

返り咲く藤のむらさき知らせくる父の墓辺ゆ曾孫のこゑに

紫を重ねておもる藤の下父に吐きたし弱音の一つ

仏壇と書棚の並ぶ気詰りを児の丸顔が揺らしてゆけり

『白描』が『白猫』とある海人論ふくれてもとの書架に戻らず

『白描』は明石海人歌集名

本の背を見上げては書く児の数字1Q84　Qは9だよ

9をQに変ふる自由のわれに欲しマイナンバーに支配さるる日

縦棒を長く短く三つ引き児の指先に春の川生《あ》る

書き継ぎて川川川川とめどなし幼の夢の光る一筋

促され赤水門を見に来たり水門四つ開かれしまま

荒川の暴れ防ぎし赤水門地盤沈下に用終へしとぞ

九十年古りて鮮らか赤水門正午の光を集めて立てり

赤水門竣工は大正十三年

向き変ふる風の自在を映しつつ水は遊べり赤水門に

浸水のもしやの予測映されつ雷門前の車の水没

伊藤左千夫の水難を知る

こほろぎが屋根の裏べに鳴くを詠む出水さなかの明治の余裕

明治三十三年「こほろぎ」

針の目の隙間もおかずと押し浸す水の力を写したまへり

明治四十三年「水害の疲れ」

牛叫ぶ声を闇夜にききとむる悲痛奔りぬ左千夫歌集に

澄む空に祈りのかたちに出でし葉の今日かろがろと空を打つなり

ひるがへりもりあがりつつ瑞の葉のみるみる覆ふ椎の一樹を

椎若葉すずしく石を打ちてをり古き時間は宙へ去りたり

密密と椎の瑞葉の重りゆき青水無月の母の忌近し

水系に

二月生れの私の星座は、魚座である。そして結社は「水甕」だ。これが水への眷恋《けんれん》の作用に繋がったのであらうか。或いは千年猛暑の日日、ともすれば生枯れの身が、水を呼ぶのだらうか。水を飲み、身の裡のどこかがほとりと崩れる。水が私を揺らすのだ。

水甕の底にとろりと映れるは百年前の朝焼けならめ
あをあをと潮《うしほ》のごとく水張らむ備前火襷今日の水甕
噴水の気負ひを見上ぐどの水も水を追ひあぐずぶ濡れながら
かすかなる風にも震ふ水の膚　表面張力円みやさしも
水系に吾も溶け入らむ水苔の匂ふ稚き鮎を愛でつつ

賽の目に切りし豆腐は千体仏　曼陀羅なせり手のひらのうへ

かき氷息を弾ませ食ぶる児の舌ちろちろとカンナ緋のいろ

吃逆《しやくり》して身をよぢる児へひた急ぐ平椀の水さざなみ立てり

水蜜桃《すいみつ》も幼も膚《はだへ》みなぎりてスーパームーンにうるる照らさる

あらたなる根を自らに促さむ園芸に知る根切りの技を

不倒翁起き上り小法師てーぶるに心を起たすいまのわたくし

III

平成二十四年

辰年元旦

太陽の裸の顔もあたらしく見ゆる不可思議元旦とふは

松飾りつけたる門扉音をたつ辰年元旦地震《なゐ》の初揺れ

身めぐりに初を被せて新春《にひはる》の命あかるめさらさら更に

北海道を頭《かしら》に日本列島が竜となりたり児の描く地図

辰年の辰を知らざる児に見するたつのおとしご水中《みなか》に立つを

山際にうつすら浮ける横雲は竜の抜け殻ゆらゆらと揺る
霜枯れののちの紫さしあぐは竜胆の花ドラゴンの胆

*

夕焼けを背に富士山のシルエット雪明りなくほとほと暗し
いつも借景いつも遠目に見られゐて孤坐なす富士のふかきストレス
　鳶いろの芽
春服にかるく弾める身よりいづ細く濃き影いつぽんの杖
街灯の真下に立てば影法師足元に縮む　死は遠退くか

杖に凭《よ》る癖引き摺れり胡麻和へを箸三本に混ぜてゐるなり

初雪を載せて並べる庭石が稜《かど》まろやかに羅漢となれり

初雪がなぞりて樹液を促せり鳶いろの芽のほつほつと萌ゆ

木末まで樹液のぼるは羨しけれわれも紛れむ春の樹木に

雪解けの今日の私はがらんどう愛の文字にも心忘れて

椿は笑ふ

雪明りあはあはとして充つるなかふかむらさきの海鼠を摑む

小半日積みゐし雪を吸ひ尽くしはればれ咲けり椿は美魔女

覆はれし雪を揺すりて紅椿ほつほつほと開きはじめつ

現つ世の仕組みさながら上枝《ほつえ》より下枝《しづえ》に雪を押し付くるさま

雀子のこゑ濡れてをり雪晴れの浄き中空わがものとして

転がされ叩かれ生《な》りし雪達磨けふは日向に笑ひ崩るも

厚き雪穿ちて六花《りくくわ》降りつぐをわが穿つ文字うつくしからず

白き力

今年まだ桜を見ずといふわれにハイブリッド車の扉が開く

ガソリンと電気に走る車とぞ出足は電気スロースタート

本日の石油価格の高騰を本日横目に見過ごしゆけり

エンジン音なきしづけさの快し左右《さう》より桜の花明り射す

降り立ちて杖に寄りくる花びらの一つは流る一つは浮きぬ

保護樹木となりて十年のこの桜どの枝も掲ぐ溢るる花を

昨夜の月満つる光に照らされて内部しづかに桜充ちみつ

年年の花を開きて枯るるなき桜の下にひそと佇む

十年を花なき現し身寂しめど今日傍らに人の在ること

桜木の下にくろぐろ人間のあまた集へり今年の桜

＊

原稿紙二十字詰の二十行びつしりと埋む四歳児の文字

四歳児の心のさやぎ解らねど生みゆく文字に夢かひろがる

三角も太陽マークも並びゐて「日ノ岡古墳」の壁に見し文字

古墳期を生き直すのか児の書ける文字に息づく千年の夢

書くことは生き継がむこと四歳児いまあをあをと春の楓《かへるで》

耳立てて文机の前にわれが待つあるかなきかの風の言葉を

花冷えの底に沈みてわが握る鉛筆の先風雅に向かず

文机も紙も桝目も方形の上に落ちたり円き頭《づ》の影

洗ひたる葱いつぽんの白光が切り開くなれわれの胸処を

ひと椀の朝の味噌汁賽の目の豆腐の白き力を掬ふ

児の生るる国

けふ散りし落葉むくりと起きあがる落葉も大地に命うけをり

遠巻きに見てゐしあららぎ赤き実の今年たわわに妖しきほどに

活火山浅間の地熱伝へきて実る火の色あららぎを食む

ちちははを恋し恋しとあららぎのくれなゐ食みし茂吉に倣へ

まつすぐに日出づる国に寄り添ひし近代ありきわれは長居す

傍らの地球儀小さき球の上　赤き日《ひ》の本底《もと》ひゆるるな

災害の去らぬ風土に辰年を選りて生《あ》れくる勇気ある児よ

やはらかく枕詞ののぼりきつ　そらみつ大和児の生るる国

太陽も太郎も素裸　地平線押しあげて来し今日の荘厳

まなじりに泪ためゐつ見るわれも見らるる太郎も　現し身同士

眼鏡橋

「竝《な》みよろふ山」をまづ見む長崎に今も親しき茂吉のフレーズ

晴天の今日の長崎日を溜めて坂は待つなり旅の私を

山階《やまきだ》を登りて下りてまた登り日にけに育つ健脚をいふ

われにまだ健やかな脚いつぽんの在りて登らな天上までを

川の面に二連アーチの橋の影映りて眼鏡の玉をなすとや

歳月の古りて眼鏡に在ることを飽きしか水面に半円を見ず

眼鏡橋のアーチ映さず遥かなる雲をたたへて水はさやさや

眼鏡橋渡らば寺町浄土への千里の先は吾には見えず

ゆくりなく聞きとめしかな寺町に道富丈吉墓のあること

『つゆじも』に知りし道富丈吉の名の異《こと》ざまに心ゆらぎき

その父のヘンドリク・ドウフはミチトミと日本風の読みを選びき

川沿ひの紫陽花まつり「おたくさ」の呼称したしき藍を探せり

シーボルト愛人の名をとどめたり「紫陽花おたくさ」今に継ぎきて

「お滝さん」「おたくさん」はた「おたくさ」と訛りなめらに肥前長崎

しめやかに藍の花鞠ゆれにけりさながら流離のごとき一角

合掌の手

ただただに仰ぎてゐたり聖人像二十六体合掌の手を

彼方まで大気澄みゆくつつましさ殉教者像の天仰《そら》ぐ眼の
ころべとのすすめ拒みて処刑さる少年三人《みたり》無垢に笑みつつ
咲きのぼる立葵の花に重ねみつ少年像の快活の顔

とろくすん

眼は千里耳は風に順ひて一日さすらふ長崎の街
白豆の十粒が並ぶ六寸を「とろくすん」とぞ卓袱《しっぽく》に知る
「とろくすん」穏しき韻《ひび》きに心和ぐこれぞ命のひまの一齣
かたまりて且つ押し合ひて実りしか枇杷黄熟の擦り傷を撫づ

茄子は無くなすびの煮もの長茄子の紫紺うつくし肥前長崎

くろ土

鎌が払ひ熊手が掻きてあらはるる冬のくろ土起源《オリジン》の土
くろぐろと土濡れてをり宣戦の霜の朝《あした》を語り継がむに
草刈りてひとすぢかるく風の過ぐ小さき神の浮きあがりくる
飛び石にふくらみてゐし蟇《ひきがへる》　この愛嬌も去《い》にて久しき
荒草に沈みてゐたりみづいろの知恵の泉のごとき水栓
みづからの落葉の上に影映す樹はデトックス終へし姿を

くろ土の湿りに浮けるももいろの赤竜《せきりよう》あはれ　さらば辰年
赤竜──みみず

振りかへり巳年に起きし戦乱を挙げつつ戦《をのの》く　巳年間近し

乙巳《いつし》の変日清日露と数ふるに戦《そよ》ぎはじめつ青人草の

青き耳

渡来せる鶫のもゆる眼に見られ宙《そら》にかがやく木守りの柿

首寄せて柿の一つ実つつきをり鳥といへども複数がよし

青き耳ふかく折れたる葱に問ふひそかに進む地盤の異変

にぎやかに八つの頭《かしら》ふくらめるめでたき芋に刃ためらふ

卯の花よ波の花よと言添《ことそ》へて調理華やぐわれの年越し

標高千米遊休農地の蕎麦啜る　この一年をさらりと老いて

塗りたての赤きポストが待つゆゑに賀状なめらに弾む肉筆

アダムのりんご

いくばくかいくばくくも無く届きさう晩年の空も赤き林檎も

朝空に捥ぎたる林檎きしきしと張りつめてあり　臍《ほぞ》愛らしも

臍たてて並ぶ林檎をたどりゆき笑ふ臍あり　太郎の臍よ

存へてわれは触れたし若草の太郎の咽喉《のんど》のアダムのりんご

Ⅳ

平成二十三年

火を点せ

辻に立つバス時刻表の文字まばら時間が霧に流されゆけり

とびとびの数字の光る時刻表この空白を欲りて来れり

ゆらぎつつ浮きあがりたる落葉松の冠《かむり》を追はむ　みどりの夢を

目の前に青毬栗の落つる音早も切りたり此の世の縁《えにし》

自然が見えず現実が見えずおぼつかなわが裡側も霞みきたりぬ

鎧戸を忍び入りくる山霧にけだるしわれは稜《かど》を失ふ
まぼろしか霧に浮きたる地球儀は宇宙にゆらぐ小さき球よ
霧晴れて鳥も私も底紅の木槿もひらく咽喉《のんど》の奥を
身ぶるひて霧の雫を払ふ樹木わたしは皮膚をしづかに拭ふ

*

白飯《しらいひ》の大きおむすび頰ばりてお河童わらし今此処に居る
イナバウアー胸反らし見す曾《ひ》の孫の雲のほてりを残す柔肌
ジッパーをおろし飛び出す児が肢体むりつとありたり今日の鮮度の

草擦りの蜥蜴かそけき音に向く曾孫の耳にわれは従《つ》きゆく

目も耳も閉ぢて開きて知らさるる八十歳《はちじふ》超えし五感の今を

明治初期の寿命は三十五歳《さんじふご》と聞きぬあな五十年の余命を来しか

鈍りたる五感に小さき火を点せ水引草の花のくれなゐ

初生りは子猿に盗られ二本目の胡瓜の弓形《ゆみなり》押し戴きぬ

さながらに日本列島弓形の胡瓜の棘のあをきとんがり

入閣に並ぶ大臣《おとど》の福耳は如何に聞きとむ災事の無常

唐黍《もろこし》畑に熊潜むとぞ放射線無体なるもの襲ひくる世に

*

自《し》が五感みづから守れ平手にてわれを打つなり山の朝風

噴火の火くぐりし石を積み重ぬそを巡らせて独り棲まむに

冷蔵庫充たして家族《うから》の去りし後茶碗ひとつを丁寧に洗ふ

生肉がゆるりとほとび萎えし菜と夕べ手応へなきものばかり

真夜醒めて突き当りたる冷蔵庫開《あ》くれば淡く月いでにけり

椅子二つ相逢ふ席に誰れ置かむ昔むかしの恋し夕焼け

頭《づ》を振りて樺《かんば》を敲き赤げらが戒むわれの鈍《のろ》き時間を

翔びたてる鳥のま赤き冠《かんむり》が炎引きたり明日へ向かふ

校正の厚き束待つ東京へ　ふたたび猛き夏の始まり

隙間なく連なる列に挟まれぬ節電解除のエスカレーター

啄木鳥

ありてなき山家住ひの平穏かブルドーザーの音近づけり

赤げらのおとづれ聞こゆ鉛筆を指に挟みしままに寄りゆく

きつつきの木を打つ音に色めけり心底あかるむ夏木もわれも

頭《づ》を振りて楢太幹を打ちつづき夏の木の間を爽やかにせり

きつつきのリズムにつれて甦る石川啄木『あこがれ』の詩句

渋民の森の聖きを攻むとあり物質文明疾風《はやて》のごとく

木を叩く木の髄叩くはきつつきの警告ならめ明治も今も

啄木の没後百年原発の稼働のもとにおめおめとわれら

きつつきの去りて残れる小さき穴わりなき此の世の風穴ならめ

夏木立みどり凜《すず》しき風立ちぬ天飛《あまだ》むならむ啄木の魂《たま》

膝がしら並べて瓜を食ぶる児に熟れかぐはしく山の夕焼け

地蜂の巣片づけし庭に移し植うオリーブ枝葉のつややかなるを

若立ちの著きオリーブに添ひてあり生き心地よき一日なりけり

オリーブに編みし冠《かむり》を戴きぬ変若《をち》永遠《とこしへ》の夢ふくらめり

森の燭台

一位の実いまだに赤き一粒が夏痩せわれの心を照らす

しやんと立つ今日の背骨を愛《いと》しまむ一人前の人体として

遠みゆる土用紅葉のくれなゐは縄文びとの血のいろならめ

あけぼののいろにもみづる楓《かへるで》の時間しづかに熟れてゐるなり

緑よりみどりに渡る風のなか虫のいのちの一つ閃く

風をさす指に蜻蛉を止まらせて児は輝けり　森の燭台

わが靴に潜む飛蝗を追はずをり跳躍に欲しその後肢

やさしげな宵待草に隊列の厚みありたり歩かば怖《こは》し

なべて負ふ憂ひ忘れむ萱草の花褐いろに揺るる傍ら

手に触れて暫し混沌　花の名もはるかとなれり今のわたくし

ジャコメッティ「歩く男」を追ひし径　野薊の花尖りてゐたり

風に燃えたつ

山麓に紅葉燃えしめ大浅間　秋の宙《そら》へと伸びあがりたり

全宇宙吸ひて吐きたりはればれと姿あらはに浅間は伝ふ
積りたる鬱屈一挙にほどくなれもみづる紅葉風に燃えたつ
日に映ゆる草紅葉すつぽり影に入れかがやきてあれわれの臓腑も
声の限り心の限り大泣きの児はあかあかと紅葉に並ぶ
もつと泣けもつと燃えたて幼児も紅葉もあかく日本列島
児が廻す地球儀こよひは冷えてゐつ紅葉のなべて散り果つるらし
磁石盤持たずて落葉に踏み迷ふ迂遠の時間明日待つための
手を打てば月は添ひきてあかるめりあらたなる年皎《しろ》く浮きたつ

アルファベットのZ《ゼット》に近き齢なるわれにも新春初春がくる

初御空

いまこそと渾身込めての言挙げか雑木それぞれ黄葉《もみぢ》かぐはし

くれなゐの風の流れに寄りゆけりあな冷やかに木は燃えてをり

濁りたる懸巣のこゑのひびく径行きし歩数を私は帰る

花水木朱泥紫泥に紅葉《もみ》づるは鵯には火宅かわわしきこゑす

山麓の夕闇早し昏れ残る白膠木《ぬるで》 楓《かへるで》あかき闇なす

むらさきに熟れやはらかき無花果は野辺のくちびる母のくちびる

老いし男の行方知れずの報流る色ふかく散る落葉松もみぢ

せめてもの老いの気儘ぞさ迷へば宙踏む心地か黄落の径

火山灰地三角畑に採りしそば一把にて足るわれの年越し

初御空《はつみそら》ことばかろらに仰ぎけり太初の青を空に恋ひつつ

紅へ向く

支へ木に凭《もた》れひらける牡丹《ぼうたん》の紅《くれなゐ》へ向く今日のわが杖

あとがき

本集は『百日目』に続く私の第十二歌集です。平成二十三年秋より二十六年春までの作品を逆年順に収めました。

「四元素のなかで揺することができるのは水だけである。水は揺する元素である」と、ガストン・バシュラールの言葉にあります。私は今、八十八歳ですが、これからも心を揺らし、言葉を揺らし、夢見る力を培ってゆきたく、表題を「水の夢」としました。

なお、この間に「水甕」は創刊百年を迎えました。百年間の水甕誌を繰りつつ、夢とはひとつの意志の持続との感を強くしました。そしてまた夢とは、私にとって祈りでもあるのです。

この一集の刊行にあたり、『短歌』編集長石川一郎氏、担当の吉田章子さんに細やかなお世話をいただきました。深く御礼申し上げます。

平成二十六年十一月

春日真木子

歌論・エッセイ

水甕一〇〇年「和して同ぜず」

「水甕」の創刊は大正三年四月であり、今年平成二十五年に一〇〇年を迎える。この千載一遇ともいうべき機に遭遇できることを、会員の皆さんと共によろこびたい。

「水甕」には創刊以前に「車前草」の時代があった。「新声」歌壇の選者尾上柴舟のもとに集まった前田夕暮、若山牧水らが、明治三十六年「車前草社」を結成したが機関誌はなく、やがてそれぞれ雄飛した。明治四十四年、石井直三郎、岩谷莫哀らが第二次車前草社をおこし、このメンバーが柴舟を中心に「水甕」を発足させたのである。

大正前期の水甕はヨーロッパ文化摂取の時代相を反映し、詩、訳詩、戯曲、小説を掲載、おおらかなゆとりが漲っており、表紙には長谷川潔の版画が斬新で精神的な香気を湛えていた。初号に柴舟は文明論ともいうべき「一紙の界」を載せたが、主宰としての方針の提示はない。東大生であった近藤哲雄の気魄に充ちた論考「短歌と個性」があり、「独創は光る珠玉である」と、個を磨き個を表現することを強調している。明治三十年代の柴舟は「明星」への対立意識から叙景詩運動をおこし、ハイネの訳詩、自然主義へと、当時の時代思潮を先取し、そのもとに集まった門弟たちの作風はそれぞれ異質であった。柴舟が門弟の個性に特別関与することはなく、その示すところは「おのがじし」の主張と「和而不同」（和して同ぜず）の心構えであった。これは落合直文の「あさ香社」の自由な精神を継いでおり、このゆるやかな態度が以後一〇〇年の歩みに繋がったと思う。

大正後期より表紙は柴舟の古筆裂になり、短歌誌としての色が濃くなった。昭和初期に「新古今研究号」（昭５・11）、「明治大正短歌研究号」（昭６・１）、「明治大正短歌評釈号」（昭９・11）の特集を組み、八百ページの大冊もあり、この大部な頁を国文学専攻の同人により埋め、当時の水甕の特徴とされた。「水甕五十年史」（昭和38・5）、「大正期復刻版」（昭53・54）の発刊、最近では「一〇〇〇号記念号」（平9・8）は、水甕の実績を原点より明らかにし、大正期よりの近代短歌の流れの中での水甕の位置づけを求め、その伝統の上で将来にかけての評価を糺すべきとの思いからである。時流に右顧左眄することなく、水甕は水甕独自の動きを図るべく、論議を重ね、歴史を原動力として、現代性をいかに付すべきかを模索してきた。

そして迎えた一〇〇年である。

代々の指導者の包容力のもと、ゆるやかな絆で続いてきたが、さらに三〇年、五〇年と継続の為に、いかにあればよいだろうか。長い間標榜してきた「おのがじし」「和して同ぜず」は価値観を異にする会員たちが、互いに認めあい競いあい、共存共立することを求めている。いま、社会は変質し、情報過多のもと、感覚も言葉も同一化され、標準型人間に陥りやすい時代である。個別的な差異も、あたらしさも生まれ難い時代である。なればこそ、今こそ創刊号に掲げた「独創は光る珠玉」個性を磨いての個の表現を求め、「おのがじし」のレベルアップの時である。さらに大切なのは「和して同ぜず」。特に「同ぜず」の表現に向かうべきである。進化は螺旋状に上昇するもの、伝統を照らし現在を見て、初めて未来に意識の光を向けることができる。私たちは希望をもって「おのがじし」「和而不同」の伝統を信頼し、自己を養いつつ前を拓いてゆきたい。

（「水甕」二〇一三年三月号）

尾上柴舟

——我も一つの火をともしつつ

尾上《おのえ》柴舟《さいしゅう》といえばまず平安朝草仮名の名手として思い浮かべる人が多いであろう。柴舟は、歌人、詩人、国文学者、書家、中国小説研究家として多面的に活躍している。

柴舟、本名八郎は、一八七六（明治九）年八月二十日岡山県津山の北郷家に生まれた。のち尾上勁《つよし》の養子となる。十三歳より和歌の指導を、直《じく》頼高より受ける。古語尊重の歌風にはあきたらず、一八九〇（明治二十三）年上京、大口鯛二の門に入る。鯛二は桂園派の歌人であったが「歌は自由に詠め」と言われ、書も鯛二から学んでいる。のち、第一高等学校在学中に落合直文のあさ香社に入門。ペンネームを「柴舟」と用いるようになったのもこの頃である。一八九八（明治三十一）年東京帝国大学国文科に入学、久保猪之吉、服部躬治《もとはる》らと、「いかづち会」をおこしている。

大君の千歳をよばふたづがねに松の嵐はしづまりにけり　「御題、松上鶴」

歌会始預選歌に選ばれ、学生としての預選は初めてのことであった。しかし柴舟は旧派的な歌風には否定的であった。二年後、文芸誌「新声」の歌壇選者の金子薫園《くんえん》と共編で『叙景詩』を刊行（明35・1）する。これは新声歌壇投稿者のアンソロジーに、柴舟、薫園の五十首ずつを加えた一集である。柴舟の作品より。

さしわたる葉越しの夕日ちからなし枇杷の花ちるやぶかげの道

むらがりてさわたる小鳥かげ絶えぬ裏のくさやまただ秋のかぜ

一首目は故里津山の風景を詠んでいるが、「ふるさとの道」ではなく「やぶかげの道」としている処が当時として新しい。二首目は空間の広さ、自然の静寂相が表現されており、後の瞑想的、内省的な作風をうかがわせる。

『叙景詩』が世の注目を浴びたのは、序文として「叙景詩とは何ぞや」の柴舟の歌論があったからである。

「自然は良師なり。よく吾人に教訓を垂れ、鞭撻を加へ神秘を教ふ―略―真正の詩、これに由てか出づ。」

と、自然をモチーフとすることを強調している。さらに「浅薄なる理想を詠じ、猥雑の愛を説き――」の項があり、当時隆盛にあった「明星」への対抗意識がみられる。明星派が理想や愛を歌のモチーフにしたのに対し、柴舟は自然観照を提唱したのである。後に若山牧水が、「新派のうたは柴舟にはじまる」と述べたのも、ここに基因するのである。

この序文は、前田夕暮、牧水、三木露風、正富汪洋らに新鮮な感動を与え、薫園に代り新声歌壇の選者となった柴舟のもとに集まり、「車前草社《しゃぜんそうしゃ》」の結成（明38）へとつながるのである。

叙景詩運動と同時に柴舟は、訳詩『ハイネノ詩』を刊行（明34・11）する。ハイネの詩を訳すことにより、柴舟は異国の文化を吸収し、自己を揺るがしたのである。つづいて刊行の詩歌集『銀鈴』（明37・11）には、聖書や西欧詩の語彙をとり入れ、飛躍した表現も多くみられる。

釣床やハイネに結ぶよき夢を小さき葉守の神よのぞくな

今の世は来む世の影か影ならば歌はその日の予言ならまし

他にも羊や楡《にれ》や菩提樹《ぼだいじゅ》を素材とする歌が多く、柴舟の青春のエネルギーを感じる異色の一集である。しかし柴舟は、生活、真実を離れていると反省し、

『銀鈴』作品を否定している。私は当時の和歌革新の短歌史の上からみて、一つの道標ともいうべき大切な一集であったと思っている。

ハイネを離れた柴舟は、時代の風潮である自然主義を鋭敏に感じとり、「美より真へ」を唱える。次の歌集『静夜』(明40・5)では、思索性、現実性への変化がみられる。これまでの感情的な美的な陶酔は影を潜め、理知にめざめ、自己を凝視して問うという近代性が加わるようになった。さらに『永日』(明42・8)には、この提唱が具体的に表れ、独自性が定着している。次の『日記の端より』(大2・1)には、自然詠に加え、都会のインテリ生活者の陰翳が表現され、歌人としての存在が決定的になったのである。

遠き樹のうへなる雲とわが胸とたまたまあひぬ静かなる日や　『静夜』
天地にただ一人なるわれをおきて何処《いづこ》さまよふわが心ぞも

夕靄《ゆふもや》は蒼《あを》く木立をつつみたり思へば今日はやすかりしかな　『永日』
おなじ地におなじ木ならび今日もまたおなじ葉と葉とあひ触れて鳴る
つけ捨てし野火の烟《けぶり》のあかあかと見えゆく頃ぞ山は悲しき　『日記の端より』
白堊《ちょーく》をばききとひびかせ一つひく文字のあとより起るさびしみ

柴舟は学者であり、教師の立場もあり、人生の暗黒面への捨て身の迫力はなく、いち早く提唱した自然主義の傾倒には限界があった。

そして柴舟は「短歌滅亡私論」を「創作」誌上に発表する(明43・10)。これは歌壇における滅亡論の最初のものである。要旨は、

1、連作の主張、短歌は一首独立したものとしては評価されない。
2、様式、短歌の形式では、今日の思想を盛るには一種の苦痛を感じる。

3、言語、いま縁の遠い古語を用いて、どうして
　充分に自己を表現し得るか。

以上三点を挙げ、短歌の存続を危ぶむものであったが、これは短歌の本質論に触れており、その後の滅亡論の原点となった。

　この時期は、柴舟の自己革新の態度が鮮やかで、時代の先駆者としての眼と、自己否定の精神を、私は継承したいと思っている。

　大正期以後、柴舟の書道へのウエイトは大きくなる。一九二三（大正十二）年「平安朝時代の歌と草仮名の研究」で文学博士となり、『平安朝時代の草仮名の研究』（大14・8）や古今・新古今和歌集の評釈など、相ついで刊行している。一九三七（昭和十二）年には、書道家として芸術院会員となり、藤原行成以後第一の草仮名の名手といわれ、論と技とがともに認められていった。「歌と書は源は一つ」と主張し、柴舟は書との関わりによりいよいよ感覚が洗練されていったのである。

血眼になりて朝よりとる筆の穂尖さながら刀のごとし　『空の色』

吸ふかぎり春日を吸ひて吐《は》く息に人の面《おも》うつ牡丹の花は　『間歩集』

風に澄む月の下びに黒くひく五つの峰のつよき脚線　『素月集』

枯れてなほ底に艶もつ細き線もつれてぞ行く雲母《きらら》の上を　『芳塵』

まじりあひからみあひはたくねりあふ線より外に物なき大空　『晴川』

端渓の細かき石の肌にふれて匂ひをあぐる春の夜の墨

　牡丹の歌は、以前の理知的な物の見方から解放されている。「人の面うつ牡丹の花は」に花の妖《あや》しさが表現されている。ここで大切なのは「人の面うつ」であって、われの面うつ、ではないところである。われを踏まえた上での人の面なのである。柴舟は直接の感情表白が少なく、ここでも直接性を避けてい

るのであり、ここに柴舟短歌の特長がある。

　平安朝の古筆《こひつ》の連綿体の美しさを研究する柴舟は、自分の書にも、それに現代味を加えて制作している。掲出歌は書に関わるものをとりあげた。月下の五つの峰にも脚線を見る。「枯れてなほ」は、古筆を写す歌で、草仮名が私たちの眼に見えてくるようである。「まじりあひ」は飛行機雲の歌。戦中の東京上空の空中戦を詠む。切迫した光景を線の描写で表している。「端渓の」は、戦後の第二芸術論で歌人たちが新しい時代の歌に挑戦していたころの作。空襲で家も書庫も焼失した柴舟は、寓宅で書の制作に打ちこむ。「匂ひをあぐる春の夜の墨」、なんと貴族的な典雅な世界であろうか。

　この時代の柴舟作品は、平明、流麗、典雅と括《くく》られそうである。柴舟の内省的見方も、調べが美しく、品格の高いため、時代感覚の伝わりにくいところである。

　学者で生真面目と思われる柴舟の歌に、次のような突然変異の作もある。

妻となる娘《こ》の来る近し飲むならば酒は飲め飲
め飲むならば今　　『ひとつの火』

一九五五（昭和三十）年嗣子の兼英結婚のころ「子にあたふ」数首の内にある。因みに柴舟は全く酒は飲めず、酒に関しては親子相反したようである。柴舟にはこんなユーモラスな自在な歌も生まれているのである。

　このころ柴舟は心臓の発作で苦しんでいる。

ねつかれぬならひとなりて物の色の白くなる
時ともしびを消す
いくそばく闇をてらすとなけれども我も一つ
の火をともしつつ

一九五七（昭和三十二）年、歌会始の応制歌である。御題は「燈《ともしび》」。応制歌という儀式的な場に、不眠でねつかれないという病床詠を提出するのは、珍しい例である。柴舟が、この最後ともいうべき応制歌を、現実感で通したことに注目したい。柴舟には『み光のもとにて』（昭3・12）の歌集があり、皇室に奉仕するさまをまとめている。常に謹しみ、典雅な詠風で詠みまとめている。掲出歌との差異は、時代の変化によるものでもあろうが、注目すべきである。「いくそばく」は絶詠である。生涯をかえりみての作。上句は謙虚な態度であるが、下句は自信に充ちている。

短歌、国文学、書道と各々の世界を切り拓き、多くの業蹟をのこす生涯であった。若いころは自己否定をつづけ、自己革新を図った柴舟であるが、最後は自己を肯定して、一生を終えたのである。一九五七年一月十三日、八十二年の見事な生涯であった。

（「NHK短歌」二〇〇八年一月号）

松田常憲

――ふといリアリズムと作風の幅

開戦のニュース短くをはりたり大地きびしく
霜おりにけり

高井有一著『昭和の歌、私の昭和』（講談社刊　平8・6）は、昭和の「時代の景色」を『昭和萬葉集』を手がかりとして伝えている。その語りはじめ「霜の朝に始まつた戦争」に引用された歌である。そしてその書評のなかで、三枝昻之はこの開戦の歌について「常憲の作品は、生活の中で開戦を受け止めた歌の中で屈指の一首である。ニュースの短さと大地のきびしさ、ただ二つのこの並列は〈その日〉を体感として蘇らせながら物語の先行きをも暗示しているように感じられる――」（「新潮」平8・10）と、深い読みがある。

この開戦の歌は、常憲のふといリアリズムの系譜の代表的な一首である。確かにその朝は冷えこみきびしく、霜が立っていた。下句は、現前の事実であると同時に、米英と戦闘状態に入った日本の行末に対する認識が感覚化されている。戦後半世紀を経て、一首がなまなまと生きるのは、この感覚化にある。では常憲の代表作とされる次の歌は如何であろうか。

ありし日に父がひきたる大弓の紫の房は色あせにけり

大正十四年の作。西下中の若山牧水が「神韻がある」と激賞したという。「明治九年秋月の乱の戦死者五十年祭の通知をえて」の詞書がある。秋月の乱は、明治維新の新政府への叛乱であった。常憲の父が最年少の十六歳で従軍しており、常憲の歌に、時として燃えるような気概のあらわれる根底に、この生いたちがある。「秋月の乱」は『ひこばえ』に八首、『秋風抄』に七十首の大連作を構成、その故か〈ありし日に〉が常憲の個性的代表歌として選ばれている。常憲の背景を知る人は「古武士の面影」、背景を抜きにして読む人は「穏やかな父恋いの歌」と、評している。この〈ありし日に〉一首を以て、常憲の全貌を括られることは、残念である。

〈開戦の〉の歌が未来へ眼が向くのに対し、〈ありし日に〉は回顧的である。前者は、昭和十六年常憲四十六歳、後者は大正十四年、三十歳の作である。ここで常憲の歌集を大正期から昭和初期まで、歌集では『ひこばえ』『好日』『三径集』までと、それ以後『秋風抄』『春雷』『凍天』『凍天以後』にわけて、その作風を見てゆきたい。

I　寂びの境地へ

常憲は、中学時代から作歌に励み、国学院在学時に一日千首詠を試みたとか、以来二百、三百首の自筆の歌集稿が未発表のままある。「水甕」入社後は、選者の岩谷莫哀のもとへ二百首位、小包で歌稿を送ったという。国学院卒業後、高山の斐太中学に赴任、その新任式の壇上で、〈新しき靴の響のうれしさや今朝宮川の大橋渡る〉をはじめ、新作の歌を朗々と披露し、男子生徒らの度肝をぬいたと、これは教え子の荒垣秀雄らより聞いている。

　第一歌集『ひこばえ』は、大正十二年三月以降の作であり、それ以前の数千首を見事に切り捨てての出発である。

草鞋買ひてはきかへをれば海なりの音ははるかに地をつたひくる
うち寄せし波はわが立つ大岩の奥処の洞にくづれたるらし
草わけて水とろとろと落ちあへる田溝の目高《めだか》やや太りたり
氷ふくむ頬のふくれを見守りて妻が笑へば吾もゑみたり
冷えてゆく手を握りをり死ぬる身のしげしげと見るかわれの瞳を

　この出発時、常憲は水甕社外では島木赤彦、窪田空穂の影響を受けている。特に、空穂の『土を眺めて』（大9刊）の妻の死をこまごまと詠みとどめる長歌と短歌は、人情家の常憲を大きく揺り動かした。篠弘は、「松田常憲論　自然主義との接点」（「水甕」平8・3）のなかで常憲の「亡妻」の歌をとりあげ、「心の通いあったやさしい眼差しがうかがわれるもので、人間味が溢れてやまない。自然主義短歌の先駆者の一人である空穂の作風と、じつに相通ずる」との注目すべき言葉がある。常憲は、赤彦、空穂の影響をすすんでうけることにより、「おのがじし」を標榜する水甕にあって、自らの歌風を築いていったのである。

　以後、日常の具象に詩を見いだし、庶民のしみじみとした生活詠を、精力的に詠みとどめながら、作風を深めてゆくのである。第三歌集『三径集』は、こうした常憲の一つの到りついた境地を示しており、昭和五年から七年までの歌を収めている。当時「水甕」では、日比修平らのモダニズムの系統の歌人もいたが、常憲は「取材や表現のあたらしさよりも平凡な道を深くみつめてゆきたい」とあとがきに述べでいる。

しみじみと鶴は水ふく風ぐもりしぶきのむきのややかはりきぬ
降りつづく日毎の雨の朝戸出にぬれて重たき傘ひろげたり
もえ細る線香花火みいりたる児が病みあとの顔のさみしさ
たぎつ瀬のよどむと思ふ海中《わだなか》にうねりかぐろく渦たちそめぬ　（大鳴門）
渦なせる逆さ白波はひろごりて押しうつりゆく潮ゆたかなり

こまやかな観察の上にかすかな心ゆらぎを托し、しめやかな寂びの境地である。空穂は『三径集』の歌の特色として、写実と気分の調和している点を指摘、その写実は「氏の気分をとほしてのそれであつて、単に眼のみをもつてした」写実ではない、と評している。さらに、

三径集の中心となつてゐる歌は、しみじみと愛する心と、それにふさはしい細かい事象との一つになり、氏の手法である余情と暗示によって、いはゆる微旨幽韻を醸し出してゐるものである。

（「槻の木」昭8・2）

また「この類の歌はまさに常憲調といへよう」と、嬉しい言葉がある。

『三径集』後半には、抄出歌の「大鳴門」のような、太いタッチの歌があり、叙景歌の上に変化が見えはじめている。

Ⅱ　人間臭を

『秋風抄』は、八百首より成り、四六倍判の豪華本で、常憲の気負いがうかがえる。歌壇では、「アララギ」誌上で「土屋文明と高田浪吉の生活詠論争」が

あり、文明の人間短歌が抬頭する時代であった。常憲は、憎悪という人間感情を詠んでこそ、文学であり、真実である、と文明に大きく共鳴している。次第に軍事体制に向かう時代であり、短歌の表現もその現実を素手で受けとめ、自ら変ってくる。「人間の真実の姿を捉へ、平俗な言葉で、一見蕪雑のやうに見える作品でありながら、味読すると短歌としての持味を失はぬ作品でありたい」と、常憲の草稿にある。

猿《ましら》なす老面見ればおのづから口にたまる唾をのみこみにけり
栄進待命の写真並びをり知らぬ名の大将は多くありて賑かにこそ
鑵にとりて忘れてありしかなぶんの弱れるを出して這はせをり畳の上に
鉛筆のしんを削りそろへて一つ一つ頬にさやりみて子は鞄にしまひぬ
乗り遅れし人のくどくどと云ひをりしがやがて心太《ところてん》を食ひはじめたり

日常の上に、社会の上に、かなり辛辣な眼差しが向けられる。常憲の勤務先の校長は、『秋風抄』を読み、〈ありし日に〉の歌は激讃したが、〈栄進待命の〉歌は「発表を遠慮せよ。歌禍を招くおそれがある」と警告をした、と常憲のメモに残っている。

　また三首目以降のような破調、字余りは『秋風抄』『春雷』に多く、言葉をざっくばらんに使うことで、新鮮な力づよい響きを、現実に与えることを願ったのであろう。当時は、散文的発想の歌が、歌壇に大きく波紋を投げかけていた。そして時代そのものも、また散文化されてゆくところにあった。しめやかな寂びの境地を愛した常憲調から人間臭のつよい常憲臭へと移ってゆく。表面は粗いようでも、常憲の苦悩は大きかったと思う。この表現の動きを、当時ユニークと見る側と、不評とする側があった。

親鴨につれられて遊ぶ雛の一羽列はなれつつ

も遠くゆかなくに
鴨の列ややとほのけば後れゐし雛はあと追ふ
まろぶが如く
あとさきに雛遊ばせて親鴨の胸はり遊ぶしづ
けさをみつ

『春雷』所収の昭和十四年の作。このときの調子は再び定型に戻っている。しかし表現の上に「見えかたの変容」があるのではないか。鴨は、いきいきと人間化されて自在であり、『三径集』までの固定化された見方から解放されている。空穂は、この連作に対し、「心が暢び暢びとして、到らんする所に自在に入り込み、しかも聊かの強ひるところもなく、それらの動物を人間の世界に引入れてゐられる」「一段の高所にたたれた」と達成を認める評言がある。（「水甕」昭16・6）

以後、常憲の歌は破調は少ないが、かなり自由な表現になっている。「高く悟って平俗にかえる」が目標であったと思われ、いま少し命があったなら、大愚をめざす個性的人間像が描き出せたであろうと、その早逝を私は残念に思っている。

Ⅲ　歴史詠・長歌

常憲の歌の特徴として、どうしても歴史詠をあげなければならない。『ひこばえ』で、〈ありし日に〉を詠んだ常憲は、「秋月の乱」を七十首の連作に展開、『秋風抄』に発表、さらに武田勝頼については『春雷』に「土屋惣蔵昌恒」五十二首、関ヶ原の戦いは『凍天以後』に「関ヶ原絵巻百一首」として詠み、いずれも劇詩ともいうべき歴史的絵巻である。

玉城徹は、「松田常憲の問題」（「水甕」昭62・10）に於いて、常憲の日常詠が、「英雄的でない」「事々しくない庶民生活のユーモアとペーソスを漂わし」その「市井の一隅の哀歓を歌ったような作品と、歴史小説的な作品とは、常憲のテクストの中に、重要な矛盾を作り出している」と鋭い指摘がある。

祖父《おほちち》の陣羽織の下にかくされつとわらひつつ

父の涙ぬぐひぬ　（秋月の乱）

高てるや天津日影のもとにして正しきものはかくて斬られつ

ありし日に父がひきたる大弓の紫の房は色あせにけり

君いまは落ちゆかせしと思ふ時あらはるる敵を左にてなぎつ　（土屋惣蔵昌恒）

鎧重く今はなりたり急ぎつつ口のねばりはたへてゐにけり

鎧たたき降りしぶく雨は胸つたひこそばゆくして臍まで冷やす　（関ヶ原絵巻）

敵兵のまつ只中に胡坐して島津勢五百飯食ひはじむ

常憲の歴史観は、破れた側を正義と見る癖がある。これも「秋月の乱」の影響であろうか。歴史上の人物に対しても、好きと嫌いは徹底していたし、孤高の人、不遇の人を詠み、不条理への憤りが、その根底にあった。生活詠でしみじみと家族を愛した常憲が、歴史詠を詠むことで英雄的な力づよさを育てていたのではないか。日頃、自己の奥処に潜む決意を土屋惣蔵の上に、関ヶ原の武将の上に反映させているのである。〈君いまは落ちゆかせしと思ふ時あらはるる敵を左にてなぎつ〉、機嫌のよいとき、常憲はこれらを詠み上げ、〈左にてなぎつ〉を演じて見せたりもして、すっかり劇中の主役になり変っているのであった。しかし、なり変るのは常に侍大将であって、決して雑兵ではない処もまた面白い。庶民的人間像と、武士的人間像と、本来ならば対立すべき二面を共有し、常憲自身、この矛盾にきづかぬところに、独得のユーモアとペーソスが生れたのではなかろうか。

歴史詠の上にも詠風の変化はある。抄出最後の〈島津勢五百飯食ひはじむ〉、これは島津義弘退陣のさまで、家康がこれを指を嚙んで見送った――と、史実にもとづいての発想であるが、表現になんとなく自由がはいってきている。これは、昭和三十一年、晩年の作であり、平俗に向かう態度は歴史詠の上にもあらわれている。

このような連作、群作をもってしても、まだ短歌の形では始末のつかないものを、常憲は長歌として表現した。

長歌の最初の契機は、これも郷里秋月に関係がある。秋月の乱に参加の亡父がのち秋月町長となり、町の復興のため、町民の反対をうけながら山に植林をした。これが歳月を経て巨材となり、伐り出され国家非常の用に立っていることを聞き、感動したのが切っ掛けである。以後詠みつづけ、八七七首を遺した。五七調を踏まえ、自在に口語、会話体を用い、文語脈との異和もなく、話術巧みな展開となっており、ユーモアとペーソスは長歌の上に一層顕著である。長歌集として『良夜』『長歌自叙伝』『続長歌自叙伝』がある。長歌の内容は自叙伝風だが、時代や社会相が自から反映している。なお、『長歌自叙伝』は、昭和三十年芸術院賞候補作品として推された。

紙幅がなく、多くは紹介できないが、次の一篇は戦中「水甕」発行の苦難を語る一つである。「総動員法違反」には、警視庁に召喚される姿が深刻に描かれている。権力を笠に威丈高な係官が〈尾上先生の色紙願へんでせうか〉と急に下手に出て、柴舟の色紙で難事解決という一齣である。戦中の結社経営の苦難を語る一篇である。

307　總動員法違反（二）

總動員法の違反と、聞かされて吾の戸惑ふ。警視廳に來てたづぬれば、顎の先やや動かして、「内務省に行け。」とのみ云ふ。内務省をたづねてくれば、警視廳に電話をかけぬ。「水甕はぼた一だから。」といふ、一言葉のみわが聽きとめぬ。又しても警視廳に來ぬ。うるさげに係の云ふは、「印刷の工場の圖面、機械の種類臺數、職工の數も書き添へ、これこれのもの揃へ來い。」と、かくしつつ何十回か、警視廳に吾は通ひぬ。禮しても頷くとせず、物聞けどろくに答へず、罪人の如きあしらひ。今日も亦行かねばならず、短刀を吾の探すに、いつも置く所にあらず、さては子の隠せしものか。木刀を持ちてゆかむに、それすらに隠されてゐる。無理やりに出せと叱れど、かぶりふりて出すとはせなく、素手《すで》のまま來し警視廳。外套脱ぐ吾をとどめて、「そのままで。」と笑みつつも云ふ。訝しきこともあるものと、氣味惡く椅子にもたれぬ。耳もとに顔近よせて、「尾上先生の色紙願へんでせうか。」と、猫の如き聲にし云ふに、「しめた。」とは思ひしものの、しらぬげに吾は頷き、二三日して届くるに、「今からは使をよこせ。代人でもかまはぬ。」と云ふ。難しき名義變更、九十日かかりしものが、すらすらと手續了へぬ。それにしても先生の色紙、御利益《ごりやく》のあらたかなこと、三十年御側にありて今ぞ知りぬる。

（『長歌自叙伝』より）

（『歌人回想録 1の巻』ながらみ書房、二〇〇一年六月）

短歌愛情論
——よみがえる啄木

戦時中、小説「雲は天才である」を、その表題に誘われて読んだのが啄木との出会いである。これは啄木が、渋民村の小学校で代用教員をしていたころのことに取材して書いている。個性の強い進歩的な青年が校長をはじめ周囲と問題をおこしつつ、まっしぐらに意志を貫こうとする様が描かれていたが、その啄木と覚しき青年の烈しい型やぶりの行動や、あまりにも強い自負心に抵抗を覚えた。また灯火管制のくらい電灯のもとに読んだ短歌も、戦中ということもあって、感傷的な部分が目立ち、作歌への誘いにはならなかった。私が啄木に眼を向けるようになったのは、実は最近である。昨今、短歌の定型や、言語についての論が多く交わされ、短歌の将来が混沌として、危ぶまれる状況のなかで、私は尾上柴舟の「短歌滅亡私論」を読み返しているところである。そしてその反論ともいうべき啄木の発言を見ているのである。柴舟の滅亡私論は、明治四十三年「創作」十月号に発表している。その翌月、同じく「創作」十一月号に啄木の「一利己主義者と友人との対話」が載る。さらに啄木の第一歌集『一握の砂』は、十一月十五日の発売である。三枝昂之著『啄木』には、啄木歌集の難産のさまが詳しく記されている。四十三年四月、春陽堂に持ち込み断わられた歌稿に手を加え、十月四日に東雲堂と歌集出版の契約を交わす。このときは全歌一行書き、歌数は四〇〇首前後、題名は「仕事の後」であった。しかしその原稿を持ち帰り、歌集の構想を練り直し、一首を三行書きに、歌集名は「一握の砂」に変更、十二日に東雲堂に渡す。さらに長男真一の誕生、逝去の挽歌など加え、歌数は五五一首に殖えている。いかにも天才詩人らしい早技と意識の変異は、「柴舟の滅亡私論に衝撃を受けて」と、太田登『日本近代短歌史』よりの引用もある。一体、啄木は柴舟の論をいつ読んだのであろうか。「創作」も『一握の砂』と同じく版元は東雲堂である。

柴舟の滅亡私論は、一頁分の短文で極めて断片的であり、含みの多い書き方である。当時自然主義のもと、世をあげて散文化に向かう時代にあって、従来の短歌の形式と言葉による短歌では充分に自己を写し得ない。言葉が多様化する現代に五音七音の定型は窮屈である。言文一致の風潮のなか、感情を文語に変換しての異和感を述べ、このまま無自覚に継続する短歌を否定しようというのである（他に連作についての発言があるが今回は除く）。古代より明治までの間に革新は繰り返されており、歌は革新によって継続してきたことを柴舟は熟知の上での発言であり、柴舟の歌の行きづまりから生まれた論ではない。その証拠に柴舟は危惧を抱きながらも「しかし、今日の私はまだ旧い私に囚はれてゐる」と言い、あるがままの短歌型式を捨てかね、最期まで作歌を続けている。柴舟の滅亡私論は、短歌滅亡への予言であり、短歌愛情論であった、と山崎敏夫は「水甕五十年史」（S38・5）に書いている。

　翌号掲載の啄木は、先ず言葉については「成るべく現代の言葉に近い言葉を使つて、それで三十一文字に纏りかねたら字あまりにするさ。」「五も七も更に二とか三とか四とかにまだ分解することができる。」型については「昔は二行に書くことになつてゐたのを明治になつてから一本に書くことになつた。今度はあれを壊すんだね。歌には一首一首異つた調子がある筈だから、一首一首別なわけ方で何行かに書くことにするんだね。」と、言葉の活かし方の可能性、多行書きの主張を述べている。改めて啄木歌集を読むと、大胆に口語をとり入れ文語とのミックスも巧みである。生硬な漢字、比喩の表現も使いこなしている。この自由な表現といい、三行書きといい、当時土岐哀果と共に独自のスタイルであった。啄木は型式や伝統を重んずるよりも自己の思いを忠実に実行し、歌は永久ではないが兎に角まだ長生《ながいき》する、と歌の前途の多望を述べている。さらに「一生に二度と帰つてこないいのちの一秒」がいとしいとも「いのちを愛するから短歌を作る」との発言もある。滅亡私論が引き金になっての発言であり、思えばこれも短歌愛情論ではなかろうか。柴舟も啄木も共に短歌の長生を願っての、時代に先駆けての発言であったと思う。

　紙幅がなくなったが、心にとどめたい一首を挙げる。

人がみな
同じ方角に向いて行《ゆ》く。
それを横より見てゐる心。　『悲しき玩具』

　明治四十三年五月、大逆事件がおこり、以来社会主義に接近したころの発想であろう。今読み返すと現世への警告のような一首である。情報過多の今日《こんにち》、私たちは感覚も言葉もいよいよ同一化の傾向にある。皆が標準型人間に陥りやすく、〈同じ方角に向いて行《ゆ》く〉傾向にあるのではなかろうか。〈それを横より見てゐる心。〉〈横より〉がいかにも啄木らしい。

（「現代短歌」二〇一六年三月号）

夢を洗う
——私の好きな時間

紅梅が並びて夢を洗ひゐる大団円となりて夕ぐれ

めでたし、めでたしの大団円で終る芝居は、誰しも観ていて安心である。でも「めでたし」ばかりでは、その予定調和に飽きてしまう。裏切り、葛藤、不条理など、人はスリルや深みを求めるものだ。悲劇には大団円の安らぎはない。観客の心中は波立ち、後味の悪い思いも残る。しかし幕が降り、観客の拍手に応えてのカーテンコールで俳優たちがステージに並ぶと、あれーっ、先刻まで威丈高に怒り狂い、憎々しかった王も、身を捩りあらん限りの涙をながしていた妃も、手に手をとって足どりかろやか、にこやかな表情で現れる。悲劇を演じていたのは、みんなこんなにも陽気で幸福そうな人たちだったのだ。個性派の俳優たちの素顔を垣間みる瞬間か、否、案外この笑顔も創られているのかもしれない。しかし観客たちは、ここではじめて安堵する。いわば擬似大団円だ。端役のほんの一瞬しか顔を出さなかった若手の俳優たちが後方に並び、ここぞとばかり身振り、手振りよろしくアピールし、何度もお辞儀を繰り返す。照明も明るくなったり暗くなったり——。この陽気な一刻があってこそ、今を乗り超えあらたな夢に向かうのであろう。ああ、いま彼らは夢を洗っている——と私は思う。

＊

——夢を洗うって、どういうこと?
——あなたは手垢のついた言葉を洗濯(選択ではない)しよう、と言うけど、夢も洗うの?

眺める前に夢を見よ——は、ガストン・バシュラールの言葉だ。その夢もありふれたイメージではなく、あらたに組み替えてゆかなければなるまい。

近くの公園で、紅梅の木が一列に並んで咲いていた。後ろから夕日が射す。天然のスポットライトだ。私にはステージの大団円が重なった。冬の間裸木だった梅は、その木のなかに芽となり花開くものを貯えている。梅の一輪ずつに、美しく咲くという夢があり、その淡い夢を果すための、隠された努力があるように見えてきた。梅の木は、咲くという今日の夢を洗い直し、明日はもっと色濃く開く夢を見ているのだ。こうした潜在力を秘めながら、紅梅は並んで紅《くれない》に咲き揃っている。大団円のやすらぎ、幸福が、そこにはあった。思わず拍手をしたくなるような――。

＊

人生にもフィナーレがある。先日、前田夕暮の生地秦野市で柴舟（尾上）と夕暮の歌について語る機を得た。百年前の和歌革新、その疾風怒濤の時代に、柴舟も夕暮も時代思潮に先駆けて、大きな夢を洗いながら、自己の作風の上に破壊と爆発を繰返し試みている。

そして終焉の歌がいい。

いくそばく闇をてらすとなけれども我も一つの火をともしつつ　　柴舟
雪の上に春の木の花散り匂ふすがしさにあらむわが死顔は　　夕暮

個性は異なるが、絶詠は共に気韻にみちている。歌の奥処には、自信がしっかりとある。大きな抱負をもち、革新をつづけた一生の終りに、しずかに自らを評価し、肯定の歌で締め括る。まさに大団円である。

夢見ることに不向きな条件ばかり増える現代だが、やはり未知へ向けての夢を洗いながら、ゆきつく処は大団円のやすらぎと幸福でありたい。

（「短歌」二〇〇七年九月号）

まだ途上

――私の来し方

若いころ、私はその若さを意識していただろうか。いや、いつも途上だと思いつづけてきた。八十歳を超えた今も、作歌はつねに途上と思っている。昇りつめて、もう降りるしかないが、私の途は幾つになっても尽きることがないと思いたい。

確かに八十歳を超え、所作も行動もたどきなくなってきた。しかし見廻せば、今は私の知らないところで地盤はゆるみ、国も、地球全体もたどきなくなってきた。私がたどきないのは、必ずしも年齢のせいばかりではないようだ。

ただ心身ともに行動の自由が制限されてきたことは否めない。若いころは外側に時間が忙しく流れていったが、社会の片隅にひっそりといる今は、狭い日常しかない。そういえば、季節の移ろいに関心が深まったか。庭を眺めることが多くなった。七十年以上も共に過ごしているのに、樹木に心を留めることはなかった。私と同年配の椎の木は、幹を苔が覆い、枝打ちの痕は黒い瘤になっている。しかし五月、みずみずと新しい葉が伸び、たちまち椎一樹を覆い尽くしてしまう。この一年間、椎を濃藍に支えてきた葉は乾びて落ちる。毎年くり返される椎の交代劇である。特に今年は気温の高いせいか、この交代劇は素早かった。幹は依然老樹のまま、復ち返る椎に、私はたじたじとなった。散歩道の桜並木も、花桜から葉桜へ、そしてただの緑の木になる。やがて黄落、裸木となる。その乾いた幹のなかに次の若芽も花も密かに育っているのだろう。これまでは季の移ろいと共にある樹木の姿を漠然と眺め、いささかの元気を貰っていた筈なのだが――。私には次の花芽の用意が出来るのだろうか、と密かに思う。いっそ、椎や桜のなかに溶け入りたいと思う。

毎朝顔を洗う洗面器の水は「蘇生の水」「若返りの泉」だ。さわやかな水にしっかりと目覚め、眼が活気づいてくるときは、私のエネルギーの充ちているときだ。目は人間の窓というが、人間自体が古いままでは、見る眼は新しくならない。私はほとんど日常のなかで、その制度と習慣のなかで生きている。日々くり返し見る物も、惰性で見ている。物にはまだ隠れている部分があるに違いない。日常の習慣を出る見方、それは一見簡単そうでむずかしい。私が私を超えるということか。ほんの小さなずらし方のために要するエネルギーも大きい。

老いて成熟、老いて豊饒なんてとんでもない。若いときの無邪気さ、柔軟さはない。直観力、想像力は衰える。社会とも、人間関係も希薄になる。長い間作歌を続けていれば手法は手だれ、自己模倣に陥りやすい。そこから脱出のために、見方を変えよ、言葉を選べ、と自らを責め立てる。締め切りは迫り、断崖絶壁に追い込まれ苦痛である。でもよくよく考えてみれば、この苦痛こそが生きる証ではないだろうか。苦痛を感じて私は実在するのだ。老いとは生きつづけること。書くことは生きることへの闘いである。と同時に生きつづける上の救いでもある。そして不思議にも、苦痛の末に生れた歌が、時におちこむ私を引き立たせてくれる。これが歌の力というものであろうか。

最初に老いて未だ途上、と書いたが、私の行先は見えない、見えてこないのである。まことに情けなく心細い限りであるが、それでも私は途上を営々と、役々と歩み続けるしかない。

（「歌壇」二〇一三年九月号）

ひとつの火

――「歌うよろこび、おもしろさ」

短歌は滅亡論を乗り越え、存続する「ひとつの火」である。私も作歌をはじめて六十年、おどろくほど長く作り続けてきた。なぜ続いたか、いま「短歌を詠むよろこび」を問われ、考えている。

私の作歌の出発は昭和三十年、二十代の終りに寡婦となり、詠わずにはいられない不遇のなかで、はじめて自己の存在と向き合ったのである。戦後ようやく女性の自我解放が叫ばれ、前衛短歌も擡頭のころである。不如意な現実に抵抗の歌を作り、私はやっと一人の人間としての生がはじまったと言っても過言ではない。表現により私自身の資質が変わることに気づいたのである。これが短歌と出会い、最初に感じたよろこびである。

自作の短歌は、すべて私の分身と思っている。あらかじめ表現したい思いがあり作品化する場合と、表現のあとから新たな私が作られる場合があり、読み返すとき、私から少し外れた私に気づくこともある。未知の私との出会いが、加齢と共に固執化しやすい私を流動的に導いてくれるように思う。これからも詩心を自ら叱咤し、多面的に詠み続けたい。歌を詠むことは、まさに自己との闘いであり、同時に自己の救いでもある。

また古典から現代までの名歌、秀歌を読むことも、短歌の可能性拡大へ向ける夢を見せてもらえ、読むよろこびにも支えられているのである。

『短歌』は通巻八百号を迎えられたが、私共の「水甕」も昨年創刊百年を超えることができた。結社の功罪が云々される昨今だが、なぜ続いたのか。遠方の未見の会員たちが、年齢を超え、性別を超え、短歌を介して対等に向かい、誌上での短歌発表を通じ、読者を得るよろこびがあるからではないか。最近は国境を越えてのひろがりもある。百年記念に際し、来日されたイタリアの文芸評論家パオロ・ラガッツィ氏が「いま、世界は疲労している。また言葉も疲れている。ヘルダリンが語ったように、地球の終末を前に愛や希望を守るのは真の詩人だけ。それももっとも小さな〈いま、ここ〉の感覚に基づいたもの」との言葉を残された。

いま、日本は大きな変動の時と思う。時代の空気を遮断してはいられない。しかし、メディア情報の時代、日々刻々国内はもとより世界中より、時には宇宙よりの情報が発信されてくるもとで、感覚は鈍磨されてゆくのではないか。同じ情報のもと、平均化した日常を送り、個別的な差異もあたらしさも生まれないのではないか。この状況を脱するには、言葉の力によるしかない。

大震災や豪雨災害の凄まじさに表現を失いそうになるとき、このラガッツィの言葉を思い返している。「言葉が疲労している」とはどういうことなのだろうか。家の中ではテレビ、ラジオ、新聞、雑誌、インターネット、家の外でもポスター、電光掲示板、コマーシャル、……言葉は到るところに無尽蔵に溢れている。番組内の過剰なテロップ、パロディなど、言葉本来の持つ力は剝奪され、言葉自体が虚ろになってきている。この消耗された言葉のなかに人々は迷い込み疲弊した状態は言葉のみならず、言葉を使う人々そのもの、社会そのものまでもが、疲れているのである。この閉塞的な疲労感のなかにあって人々は、なにか大きく新しいことが歴史をよりよい方向へ変えてゆくと信じることを諦めてしまっている、とラガッツィ氏は言っているのだ。そしてこんな悲惨のなかでも愛や希望を生み出してゆこうというのである。「いま、ここ」を表現するのに短歌がもっとも相応しいのではないか。目前の一本の木、壁に届く朝光、小さな事象に視線を向けながら、平和への愛と希望を詠おう——この時代を乗り越える言葉をみつけよう——これが、歌人としての使命ではなかろうか。このことを私は意識し、自己のいまの理想として短歌を詠み続けたい。それが私の人生にとっての大事と思う。この世界の「いま、ここ」を詠むことが私のみならず、どこかの誰かの希望や愛に繋がるならば、こんなよろこびはない。
私にとっても、短歌は「ひとつの火」である。

（「短歌」二〇一四年十月号）

変容を求め続けて
――歌の理由

妻なりし過去もつ肢体に新しき浴衣を存分に
絡ませて歩む

第一歌集『北国断片』の巻頭歌である。現実は不如意であっても、それを甘受して〈存分に絡ませて〉ゆこう、との歌である。二十代の終り、夫の死という不運により作歌を出発した。悲しみもさりながら、現実に歯を剥くように歌に向かったのである。幼いころより私は「水甕」の甕のなかで成長した。父は編集、母は歌誌発行の裏方をあずかっていた。しかし私自身は歌を作ろうとは思わなかった。いま思えば歌作りの恐ろしさを漠然と感じていたのかもしれない。夫の死を転機に、大股に歩み始めた先には、身近に短歌という詩型があった。ちょうど「短歌研究」競詠により、中城ふみ子の出現した昭和二十九年である。癌病棟の昏さを見尽くしていた私は、中城作品に触発された、といえようか。彼女の自己劇化には及ばなかったが、運命に抵抗しての表現に瞠目したのである。内面に滞っていたものが爆発し、なりふりかまわず作り始めたのである。それまで足繁く家に出入りする会員たちが、次第に私に声を掛けるようになった。青春期を戦時下に過ごし、自分の意志の働かなかった私が、不遇な現実との葛藤のなか、表現の上で自己主張することによって、やっと一人前の人間として生まれた、と実感したのである。窪田章一郎氏より「自分は何なのか、問うことにより短歌は出発した。不幸なことではあったが、歌人としては根の深い、正しい発足」（「水甕」昭48・8）と言われたことも忘れ難い。

　昭和三十三年、父が急逝、私は再婚し夫の任地札幌へ移った。馴れない北国で生活者としては大奮闘したが、自らの歌に次第に自足できずにいた。

　北国在住十四年の後、帰京。ふたたび水甕の甕のなかに居住することになった。そのころ師熊谷武至とやきものの話をした。須恵器を好む師と、古伊万里に興味を持つ私と語りあううちに、「言葉を絵付として持ってきては駄目だ。土から練らなければ――」さらに「茶盌を作ったことがなくて、何が分かるか」とも言われた。即、私は近くの陶芸家を訪ね、土を練り始めた。この陶芸との交感も加わり、私の歌は写実を離れ、抽象表現へと向かったのである。

　ふるふると身にくれなゐの渦まけり心を撚りてわがたたむかな　『火中蓮』

窯のなかで炎に包まれ、壺は蓮の花のようにしろじろと揺れていた。ためらわず私は第二歌集名を「火中蓮」とした。田井安曇氏の評言によれば、

『北国断片』は生活的であり此岸的であり、なりふりかまわぬ中年の女の必死のいのちがまっすぐにあらわれていた（略）が『火中蓮』はまるっき

り異なる作家のように変貌して登場する。

（「歌壇」平4・7「火を奔るもの」）

とある。さらに「赤い靴を穿いた以上は踊りつづけねばならぬ――」とも。これは私の変容を認めていただいたのだろうか。写実一辺倒の側からは叱咤の声も飛んだ。しかしこの変容願望がなければ、私の歌は続かなかったであろう。「充分に手足を伸ばせ、伸ばしたところから何かが残るであろう」との熊谷武至の言葉に励まされたのである。

歌の変容により、私自身の資質も自ずから変わるよろこびも味わっている。いまも表現の上で振幅を繰り返し、あらたな生成へ向かいたいと願っている。作歌は一生では足りないとしみじみ思うこのごろである。

（「短歌」二〇一五年六月号）

ＧＨＱの事前検閲

七月の初め、浜離宮の傍の朝日ホールへ向かった。環状二号線の一部、虎の門から新橋へ向かう途次、つと道幅の広いさわやかな通りへ出た。道の両側の樹木のなかに一際さえざえと翻る桂の木を見つけた。車を停めさみどりの一枚をいただく。同行のＩさんが此処はＧＨＱ通りですよと言う。後でマッカーサー道路と訂正されたが、ＧＨＱといえば私には戦後の事前検閲という苦い記憶が甦るのである。私共の歌誌「水甕《みずがめ》」は、間もなく創刊百五年を迎える。その持続のなかで最も苦しかったのは戦時中であったが、終戦により解放された筈の戦後にもＧＨＱによる事前検閲があったのである。心臓型の桂の葉を撫でながら七十年前の記憶がありありと甦ってきたのである。

亡父松田常憲の手文庫に今も一通の封書がある。「重要　保存を要す」と父の朱書が眼を引く。昭和二十三年三月十二日付の連合軍最高司令部民事検閲局より水甕社宛の事前検閲の通達書である。要旨は「出版物の校正二部をその印刷前に検閲のため民事検閲局に」「持参又は郵送すべし」とある。さらにその手続きのなかに「「大東亜戦争」「大東亜共栄圏」「八紘一宇」「英霊」の如き戦時用語の使用は之を避くべし」との項もある。

昭和二十三年といえば、戦後の文芸復興への気運の昂まりはじめたころであった。しかし出版用紙は未だ得難く、印刷所は焼失のため都内にはなく毎月の歌誌刊行は極めて困難な状態であった。

一方、会員たちは戦地よりの復員、満州からの引揚げ、シベリア抑留者も帰還し、疎開者も帰京、私宅での歌会は再会のよろこびと次代を拓く活力が充ちみちていた。しかし通達のように文字を制限され、表現の自由には遠くなったのである。先の通達書に「保存を要す」との父のやや撥ねた字には怒りがこめられていたに違いない。ひとたび検閲違反を指摘されると再びの組替えのため歌誌の刊行は大巾に遅れてしまうのである。従って父は選歌にも編集にも神経を使っていた。しかし水甕誌の後記に検閲に関する言葉は見当らない。先の通達書の手続きには「検閲に関し記述し」「暗示することは之を禁ず」の条項もある。一般会員には知らせず、編集者が削除を予想しての自主規制によるしかない。今、その実例を示すことは叶わないが「忠臣蔵」「刀」も削除の対象となった。「妻と防空壕を埋めている」という歌も削られた。平和になった証拠ではないか、と検閲の眼が短歌の内容ではなく、文字の上にだけ留まるのを嘆き、憮然と空を仰いでいた父の姿は今も忘れ難い。

そのころ私はまだ作歌を始めていなかったが、父の替りに校正刷を抱えてGHQへ行ったことがある。通達書に指示された場所は「東京都港区芝田村町一ノ一　関東配電ビル四階　民事検閲局第一区出版演芸放送検閲部出版課出籍係」と実にややこしい。私は白いブラウスに紺のズボン、髪はお下げ髪にきっ

ち り結び出かけた。前日に覚えたあやふやな英語で提出先をたずねる私に、アメリカの若い兵士は日本語で親切に対応してくれた。でも検閲自体はきびしかったのである。

父が昭和十年代に執筆の『現代短歌の研究』は、戦時中組版になり紙型のまま自宅保存していた。空襲警報下この紙型を木綿の風呂敷に包み、防空壕に搬ぶのが私の役目だった。幸いにして戦火を免れ、二十三年四月ようやく文明社書店より出版となった。仙花紙の活字印刷も薄れがちなその本の後記は全部切り取られている。残念なことに元原稿は見当たらない。水甕誌の二十三年七月号の編集後記にこの一本の刊行目的を述べた後「都合で後記が削除されてゐる」と書いてある。戦中末期に書いた後記には戦意持続への文字があったのであろう。私はこの削除の切り口を眺めるたびに、終戦を境とする変転の烈しさを思うのである。

去る六月十五日テロ等準備罪法案が緊急可決された。再び表現の自主規制を強いられ、声を潜める日が来るのだろうか、今後の詩歌の上にこの法令がどのような影響を及ぼすのか、九十一歳の私もしっかりと眼を開いていたい。

（「日本近代文学館」二〇一七年九月号）

解説

深層からの生命感覚
——『生れ生れ』評

渡辺松男

生命の流れと言えばいいのだろうか。生のあり方、来し方、行く末に対する深い関心が作者にはある。いやそれは関心というやや冷静で客観的な態度ではなく、自らがそのなかに投げ出され、自ら引き受けざるをえず、自らがその流れのなかにあるものとして深い哀しみを湛えたものである。規模も分からず、深さも分からず、行方も分からず、はじめもないほど遠い過去から、とにかく始まってしまっており、自分も含めてもろもろのものがそのなかにある、たぶん冥い流れ、そういう流れのなかにありながらも、いやそうだからこそ、光を、存在を、疑うまいとする深い自覚から生まれたのがこの歌集である。

だからこの歌集はいのちの誕生から始まるのかもしれない。誕生ほど不思議なものはなく眩しいものもない。曾孫の誕生であるからなおさらだ。

陣痛の波にあはすやさくら花　一花《いつくわ》　一花一花咲《ひら》けり

春雷のとどろきふかしみどりごの蹠《あなうら》あかく蹴りあげてゐる

みどり児の喉をつぶりといづる息うろこの雲の末につづけよ

みどりごの泣くこゑあれば弱法師《よろぼふし》吾《あ》も立ちあがれ光摑みて

息しろき冬のただなか尾を添へてやりたき歩みの今日十三歩

一首目は出産の場面、さくらの方が陣痛の波にあわせて一花ずつ開化していくという発想が独自である。作者にとっては生命現象と自然現象とは別々のことではないのだ。二首目、自然現象とみどりごは意識下で深く繋がっていて互いに反応し、響きあう。「春雷のとどろき」と「蹴りあげてゐる」姿とがよく釣り合い、「あかく」が生きている。たったひとつのさりげない形容詞で歌が活気づく。三首目はみどりごの息が鱗雲の多数ある鱗、その末につづけよと詠む。「つぶりといづる息」というところが何とも可愛い。しかし作者は、みどりごの存在をいわゆるみどりごという概念の中に閉じ込めてはいない。大きな存在との繋がりのなかで見ている。四首目では未来だけから成り立っているようなみどりごに対してそうではない自分、つまり「弱法師」たる自分が置かれているが、決して消極的な自己把持ではなく、みどりごにあやかって自分を鼓舞しようとしている。五首目は人間としての二足歩行の開始。何とも頼りないが真剣なのだ。尾を添えてやれば安定するだろう、転ばずにすむだろうと見守る作者。「尾を添へてやりたき」という独特な表現はやさしさが発想させたものだ。十三歩という具体性が生きている。

これらの歌にはもちろん喜びがある。素直な驚きもある。反応の瑞々しさは羨ましいほどだ。庇い、包み込み、守ろうとする愛に満ちていて生命的スケールの時間を感じている作者がいる。と同時に、可愛い曾孫と言えども、大きな生命の流れのなかの一つの現象にすぎないという深い悲しみがある。かけがえのなさの実感がある。作者の把握は深い。

歌集全編を通じて思うことだが、作者は生命というものを宇宙的スケールで考えつつ、具体的な個に即して深いところまで掘り下げようとしている。対象の本質や骨格を捉える把握力は骨太でありながら、細部を大切にしてもいる。繊細な部分、脆い部分、柔らかい部分のもつ重要性を充分に知っている。それだから作者は、曾孫の誕生の他にも、生命を歌って印象深い歌を多く得ているのだ。なかでも「出水の鶴」の一連には感銘深い歌が並ぶ。ここでは鶴のいのちを歌うということが深層からの自己把握であることが分かる。

大空をぬけきて伸ばす鶴の脚　荒れ土踏みて沈むわが脚

風を汲み鶴は大きく翔ちゆけりふつと昏しも

わが足もとの
あかあかと咽喉《のんど》をいづる鶴のこゑ野太きもの
は調べをなさず
シャワー室に細きカランを引きよせぬほのあ
たたかき鶴のあたまか

一首目は鶴の脚と自分の脚との対比が鮮やかである。一方は大空をぬけてきた脚であり、一方は荒れ土に沈む脚。しかしこれは空間的な対比であって、ここに時間性を導入すると、大空から着地しようとして伸ばしてきた鶴の脚が、ある時点でふっと消えて、「わが脚」となる。読者には二者の脚が二重写しの幻のように映像化される。脚の字を使っている点にも配慮がある。鶴と自分との連続性を担保しているのだ。荒れ土に沈む脚、ここには自己規定の意識も働いている。空飛ぶ生を地に生きざるをえない自らの生へとぐっと引きつけているのである。二首目は前の歌とは逆方向の歌で鶴が飛び立ったときに自らの足元の昏さに気付く。暗示的な一首であるが、地にあるものとしての自己把持は変わらない。随分と工夫されている歌であるが、調べがよく滑らかに歌われているので、その工夫がめだたない。「風を汲み」、「大きく翔ちゆけり」を受け、「ふつと昏し」と続く。「汲み」と「大きく」の果たしている役割が絶妙である。これによって足元の「昏し」に納得がいく。明るいもの、光のようなものは鶴が風とともにもっていってしまったのだ。汲まれなかったもの、自分の足元に残ったもの、それがうつつということなのだ。次の三首目は下句の断言に骨太の意志を感じることができる。鶴の鳴き声の様相を的確に捉えた上での断言であるから説得力がある。しかし下句には飛躍がある。上句を受けての飛躍であるから、野太きものは確かに鶴ではあるが、同時にまた鶴を含みつつ鶴を越えた何ものかでもある。その概念の外延には人間も含まれるだろう。とすればここに作者の人間観を見ることもできる。たとえ調べをなさずとも、野太きものを作者は肯定している。敷衍すれば、文化化される前の人間存在を肯定的に歌いあげているとみることも可能だ。それにしても鶴に託された野太きものはなんと美しいものだろう。野太きもののたくましい生命感は出だしの「あかあか」と呼応してもいるのである。四首目にはシャワーのカランを鶴のあたまと感受する独特な感覚性が働いているが、奇異でなく、かえって譬えられたことによって、鶴のあたまが妙になまなましく現象してくる。鶴が突然にシャワー室に現れたような錯覚さえもたらされる。これにはかなりエロス的な雰囲気がある。肉感的と言ってもいいかもしれない。「ほのあたたかき」と押さえ気味に表現しているところがかえってなまめかしさを引き出すのだ。

　作者の発想は生命的体感に基づくものであって独特な面がある。しかし一見奇抜に思えるものにも妙に説得力があり、宙に浮いた感じがしない。空間現象の抽象的、幾何学的肉付けにおいてもシャープなものがある。また作者は当然のことながら、見えないものに対する感受性が豊かである。空間は見えるものだけから構成されているのではないと直感している。この世はこの世だけで閉じているのではないとも思っている。これは生命を宇宙的規模で考えていることの直観的帰結である。

濃く淡く入りくる影が客席のひとつひとつに
沿ひて折るるも

ほのほのと合歓《ねむ》ときいろに浮きあがり天の麻
酔のひろがる夕べ

咳いでて即ち跳ぬるやはらかさまだわれにあ
り鯰のごとし

電球を振りフィラメント球《たま》の面《も》に触《さや》るやさし
さ耳はよろこぶ

飛び石の雪ふんはりと浄土なすこの明るさに
亡きひとを待つ

寒空へ抛りあぐれば寒空を縦に割り来ぬ寒の
林檎は

真青な空を降つてきたやうな一家族なり墓石
を囲む

一首目は観劇のときの歌。写生的な歌でありながら幽界との境にあるような不思議な雰囲気を醸し出している。鋭くそして自然に境界領域に反応してしまう作者がいる。二首目、合歓の花のほんのりとやわらかくゆめみるようなところが巧みに表現されている。作者の体感を通しての表現であり「天の麻酔」とはよく歌ったものである。合歓や天と作者とは別物ではないのである。三首目では跳ねるやわらかさがまだあるという。それを受けての「鯰のごとし」という突拍子もない自己像の把握がなんともユーモラスである。やわらかさとか姿とかに類似を見たのかもしれない。この歌には何かを突き抜けてしまった自在の感もある。四首目は電球が点かないので確かめている時のことだろう。切れてしまったフィラメントがたてるかすかな音。微妙な感覚のよろこびが歌になっている。五首目は飛び石に雪がふんわりと積もって白いところを浄土と見立てる。幻想的な雪明かり。亡き人はだれだろうか。その人を待つと詠む。彼岸此岸の境界的雰囲気が一首のなかに醸し出されている。六首目は縦にシャープな切り込みのある構図。赤い垂線の軌跡を思えば色彩的にも印象深い。抽象的、幾何学的な歌でありながら、空間にきりっと緊張感がある。「寒」の字三つも繰り返されることによって縦に運動する林檎の存在感を高めている。七首目は墓石を囲む家族を空から降ってきたと比喩する、実に大胆な発想の歌である。こう歌われると墓石を囲むという行為が永遠の相のもとにあるような気がしてくる。人の生死や家族という繫がりは一体何なのか、個人的なかなしみを越えた次元で問われてくるのである。

作者にはまた、時代や地球全体の進む方向に対する違和感がある。時代批判の目がある。これは政治的、イデオロギー的なものではなく、生命の次元からのものだ。生命現象の自然な発現を抑制、制圧するものに対する反発や怒りが、おのずと批判へと繫がっていく。

氷塊の溶くる速さに温暖化憂ふるころゑはコッ

プの中へ

降りくるは人にはあらね荒れ土に激突のほてりのこす銀杏

あゆみ入り違和感のあり松林ビニールの帯しめ番号を負ふ

あたふたと音冴えまさり日本語の似合はぬ家が空にのびゆく

一首目ではごく身近な現象から地球温暖化へと憂いは直結していく。二首目は二〇〇一・九・一一を念頭においての作。銀杏というごくありふれた木の実でも、つまり身近な平凡な事象によっても九・一一を表現できる見事な例。三首目は画一化、数量化されることに対する違和感。四首目は初句、二句を伏線にして「日本語の似合はぬ家」と捉えたところに時代批判の視点や違和感が表れている。

以上頷きながら本歌集を読んだ。繰り返しのようになるが、全編を通じて感銘を受けたのは、その底にあった作者の生命観の深さである。広さである。ひとつひとつの生命のかけがえのなさへの作者の絶対的な確信である。

（「水甕」二〇〇五年五月号）

水の光のひといろならず

——『燃える水』を読みながら

三枝昻之

一

一首の短歌を読むよろこび、そして一連という単位で展開される世界を読む醍醐味。春日真木子歌集『燃える水』はその両方を堪能できる一冊である。表現技術だけでは一連という単位を魅力あるものにできないし、一連の構成が優位になると個々の完成度が犠牲にされやすい。そこをこの歌集はみごとにクリアーして、読み終わったときに、堪能した、と感じさせる。巻頭の「桃の時間」に即しながらそのことを述べてみようか。

漏刻とふ水を積みつぎ示す時間《とき》大和の国の若かりしころ

水の減り具合から時間を読むタイプと、受けた水の増え具合で測るタイプと、水時計には両方あるようだ。「積みつぎ示す」とあるから、ここでは後者の水時計である。滴滴と落ちる水を受けて時を刻む、その動きをどう表現したらいいか。そんな作歌の現場に戻って考えると、「積みつぎ示す」は目立たないけれども、行き届いた言葉選びである。辞書で漏刻を引くと「夏四月漏刻を新しき台《うてな》に置く。始めて候《と》時《き》を打つ」という「天智紀」の一節が紹介されているから、下の句はその時代を視野に入れている。それで一首が見つめるのは、水時計の一滴一滴によって時間を掌中に収めた遠い時代の若々しさ。そこがのびやかに表現されてこころよい。

たっぷりと生き上手なる生ならむ螺鈿の蝶が時計に舞ひて

時計の長針に装飾がほどこされていて、それが螺鈿の蝶、と読めばいいだろうか。別の場面も考えられるが、「時計に舞ひて」だから文字盤と重ねて、そう読むのである。その螺鈿の蝶にどんな反応を返せばいいか。春日氏が示したのは「たっぷりと生き上手なる生ならむ」。蝶のきらびやかな姿、時を滞りなく進む動きを受けて、大らかで楽しい反応である。

水系の先に繋がりわが洗ふ桃の産毛《うぶげ》を掌《て》にな
だめつつ

若い滝を詠って菖蒲田へ、草むらの蛇へと歌を展開して蛇口を導き出し、そして一連はこの歌に至る。独り連歌に近いその自在な展開を逆に遡れば、蛇口からほとばしる水は滝に至り、さらにその先の水系の最初の一滴に至るわけである。「水系の先に繋がり」という表現は、一首単独で読めば蛇口の水を受けたときの直感的な反応と見えるが、一連の流れの中では水系の最初の一滴と蛇口は周到に繋げられていることが分かる。蛇口で洗うときの「なだめつつ」も、傷つきやすい桃の感触を生かして的確だ。「桃の時間」五十首は「熟れふかく廃る桃をテーブルに置きて入りゆく桃の時間に」から始まっている。つまりこの一連は、桃を起点にして縦横に広がり、そして眼前の桃に戻って終わる連想ゲームのような物語ということになる。堅苦しさを遠ざけながらの、その構成意識の強さも魅力の一つだろう。

二

「石油と鯨——五島の旅」は歌集の中でもとりわけて興味深い一連である。タイトルからもわかるように、この三十首は五島列島への旅を詠ったものだが、旅の歌であってそれを越える濃さを持っている。

ジェット機にジェットフォイルと継ぎつぎて
五島の土踏むこの浮力感

国生《う》みの知訶《ちか》の島とぞはろばろに雲の秀《ほ》波の
秀《ほ》われを搬びき

東京を出発して、幾度か乗り換えて、そして五島列島に着く。道中が単純ではないから目的地に着いても、身体にはまだ乗って揺られているときの感覚が残る。そんな最初の反応が「この浮力感」であり、「はろばろと雲の秀《ほ》波の秀《ほ》われを搬びき」である。前者には地に足がまだついていないような覚束ない感じがよく表れており、後者には空を海を乗り継いでやっと到着したという感慨が込められている。目的地での第一反応としてはごくありきたりなものではあるが、そのありきたりを歌の説得力にするのは簡単ではない。「この浮力感」と「はろばろと雲の秀《ほ》波の秀《ほ》われを搬びき」はありきたりの反応でありながら確かな実感を伴っており、だから読者は立ち止まる。

これぞこの石油洋上備蓄基地　干潮《ひしほ》差潮《さししほ》浮き沈みつつ
テキサスの空噴きあぐるくろきもの　ミリオンミリオンおおミリオネア
油田なき花綵列島あはれなり島曲《しまわ》を白く波の沫だつ

ジェット機とジェットフォイルをはろばろと乗り継いで春日さんの目的の一つはどうやら五島の石油洋上備蓄基地。これに私はまず驚いた。五島だったら隠れキリシタンの島とかリアス式海岸の景観の美しさとか、目的は他にもいろいろあるのに、よりによってなぜ石油備蓄基地を、とまず感じる。通りすがりの備蓄基地に足が止まってしまったとも考えられるが、備蓄基地からテキサスの空に吹き上げる原油に思いが広がり、映画「ジャイアンツ」で原油を浴びて真っ黒になったジェームスディーンのワンシーンを呼び戻して、反応は通りすがりにしては尋常ではない。

掲出一首目は、これがあの備蓄基地、と強い関心を示している。やはり石油備蓄基地が旅の目的で、だから「これぞこの」と始まるのだ、と思わせる。

備蓄基地というと堅固な構築物と想像しやすいが、その最先端の施設が、なんと天然自然の動きに身を委ねる。それを示すのが「干《ひ》潮《しほ》差《さし》潮《しほ》浮き沈みつつ」。そこがまずおもしろい。「引き潮満ち潮浮き沈みつつ」と表現しないで、「干潮差潮」としたところにも、短歌の長距離ランナーならではのワザが光る。「引き潮上げ潮」と「干潮差潮」は同じ動きではあるが、言葉が違えば風景の感触が違う。「干潮差潮」と言うと定型への収まりのよさと同時に、なにか言葉のゆかしさが感じられる。最先端の施設とそのゆかしさの奇妙な均衡。表現の細部にも行き届いた歌のここちよさがここにも現れる。

　備蓄基地の石油から映画「ジャイアンツ」に思いが広がり、そして提出されるのが掲出二首目である。「ミリオネア」は大富豪、億万長者。石油をめぐるアメリカンドリームの勢いを受けた下の句が巧みだ。洋上基地の視野の拡がりがその開放的な口調をもたらしたとも感じられる。

　三首目には「五島備蓄基地は世界初の操業と聞く」と詞書きがある。油田を持たないゆえに世界最初の試みをする。最初の試みということは、石油確保の不安定性をそれだけ切実に感じていることにもなり、石油が昭和十六年からの日米戦争の引き金の一つだったことなども思い出される。つまり眼前の基地に春日さんは、油田を持たないこの国の宿命を見ている。「あはれなり」はその宿命への思いである。下の句で俯瞰された日本列島は白波に洗われる覚束ない姿にも見え、あわれを一層思いの深いものにしている。

島山の段々畑芋畑　瓜坊ゐのしし視野に親しも

夕まけて花の尽《すが》りの白芙蓉　触るればゆるく力を返す

旅の終わりに出会ったいのししの親子と芙蓉の花である。前者はいのししの子を視野に収めたときの軽い心躍りが生きており、後者は盛りを過ぎて衰えたものがなお持つ弾力性に命の厚みを見ている。嘱目でありながら命への思いはさりげなく深く、「尽《すが》り」といった古い言葉選びもその思いを支えている。「石油と鯨—五島の旅—」は私にいろいろな刺激を与える。大正生まれにしてなおも涸れることのないこの好奇心、とまずは脱帽したくなる。それが第一である。歌の長距離ランナーならではの措辞の巧みさ、表現の緩みなさが第二である。好奇心とベテランの修辞力が相乗作用となったときにどのような作品が生まれるか。その成果と魅力を、この一連はよく教えてくれる。

三

もう一つ読み応えのある連作に立ち止まりたい。タイトルの「ハイリスク・ノーリターン」はさまざまな金融商品への皮肉のようにも読めるが、感傷に溺れることなく事態を捉えた挽歌としてすぐれた一連である。

九十歳の男《を》ごゑ弾めりさ庭べの蜜柑の出来の
上々を伝ふ

一連三十首の一首目。電話で近況を伝える声の明るさが印象づけられる歌である。男が健やかだったときの何気ないワンショットだが、蜜柑は重要な布石としてここに登場している。そのことをまず覚えておきたい。

つんのめり階段《きざはし》幾層のぼりつぐ遺体引取人な
るわれは
細ながき廊に入りきて右に折れ左に曲る死に
会ふまでを

九十歳のその叔父の死を告げられ、会いに行く場面である。つんのめりながら階段をのぼりつぐ散文的な表現に、出来事が不意のものだったということが暗示される。細い廊下を右に折れて左に曲がる動きは、実際の行動でもあったのだろうが、取り乱して右往左往している〈私〉の内面も示している。行動を通して内面も表すこのあたりの表現の機微はさすがに春日氏だと思わせる。歌の中の〈私〉は遺体取引人だから、叔父は妻子のない独り暮らしということがわかる。

　ガスは点かず電話は鳴らず九十歳孤独の果ての狼藉を見つ

　鉄瓶に残りし水の澄みてあり亡き墨いろの生なつかしも

　机《き》の辺にアラビア数字乱れ散る　石油先物買あまたなる数

　ハイリスク・ハイリターンに奔りしかあはれあつぱれ老いの疾走

死者となった叔父を引き取り、叔父の家に戻って、その暮らしぶりを確認しているくだりである。ガスも電話も多分不払いのまま止められて、先物取引の数字があたり構わず散らばっている。そして一連のタイトル「ハイリスク・ノーリターン」が示すように、どうやらそれは失敗の連続だったようだ。部屋の光景からは、リスクの高い取引にのめり込んだ孤老の荒涼が迫ってくるが、その中に置かれた鉄瓶と水が、叔父のシンプルな生き方と暮らしの痕跡を伝えて実に切ない。歌人の力量はこうしたさりげない一首の中によりよく現れる。「孤独の果ての狼藉」を目の当たりにしながら、歌の中の〈私〉はそれを老いの疾走と受け止め、「あはれあつぱれ」とその生を肯定する。狼藉は狼藉で美しいが、それを「あつぱれ」と愛でる包容力も美しい。

　斎場に飾るべくして探しけり勲記勲章いづへに潜む

　遺されてへたりと坐る古畳　蜜柑十余り乾《から》びてまろぶ

せめて勲章でも、と気を取り直して探す。脚光を浴びた叔父のかつての日々がそこに垣間見える。勲章はあったかなかったか。それは一連には出てこない。狼藉の暮らしぶりを思えば、出てこなかったのではないか。そんな作業の後で坐り込んだ畳に、干からびた蜜柑が転がっている。ここで一連冒頭の「さ庭べの蜜柑の出来の上々を伝ふ」を思い出したい。健やかな声が告げる蜜柑と干からびた蜜柑。一首目がここで布石として生きてくるわけである。かくして物語は一段落する。

挽歌ではあるが表層的な感傷を排除し、事実に沿いながら叔父の生の輪郭を示し、それを肯定し、大いなる哀傷歌に高めている。度量と修辞的な力量が兼ね備わっていなければ叶わない一連である。

四

『燃える水』は「短歌研究」の作品連載を中心に編まれている。あとがきで「日頃は寡作の私が、三十首の連作をつづけるには、あらたな発想の井戸を幾つも掘らなければならなかった。その掘りかた、さらには水の掬いかたの大切さを感じた二年間であった」と春日氏はふり返っている。

日頃の春日氏が寡作とは思わないが、三十首連載という場がいつもと違う作歌法を要求したことは確かだろう。この種の作品連載でもっとも多いのは日録風に連作を組み立てるプランである。そこからも優れた作品群は生まれているが、春日氏は敢然として別の形を選んだ。「石油と鯨」「ハイリスク・ノーリターン」でわかるように、三十首ごとに一つのテーマで束ねる主題意識の強い連作、語の正しい意味での連作を貫いた。「水甕」の大集団を率い、講座や選歌に時間を追われながらも緻密な構成で束ねられた連作を手放さない。その意志力と短歌の長距離ランナーならではの包容力と修辞力が一つになって、この歌集を従来の春日氏とは別の迫力にした。

連作という場を離れて楽しく読んだ作品も多い。その一端を引用して終わりたい。

蔵沢の墨絵の竹に向かひゐし竹の里人ひとすぢの〈われ〉
山の雨ますぐに降りて吾を囲む水の光のひといろならず
引き抜きて先づ天金を撫づるひと古き知遇を得たるごとくに
なつくさの中野区野方わが門《かど》にりいんりいんと鈴虫の呼ぶ
空井戸に冬の胡桃の落つる音コップの底にことんと補聴器
噴きいづる水のはじめのためらひを見てをり水はうぶうぶと生《あ》る

端的に「ひとすぢの〈われ〉」と示した正岡子規像が新鮮で的確、「なつくさの中野区野方」には新しい歌枕になりそうな味わいがあって心惹かれた。空井戸に落ちる胡桃から補聴器への飛躍の斬新さ。『燃える水』は幸福な歌集である。

（「水甕」二〇〇七年六月号）

けさは、雪

——いのちを見つめる——『風の柱』

安森敏隆

いつも押す最後の♯《シャープ》古井戸に沈めたりしかわれの伝言　春日真木子『風の柱』

春日真木子さんの『風の柱』（角川書店）冒頭の一首である。「最後の♯《シャープ》」とは何であろうか。記譜法の半音あげる「♯」かな、と思って読んでいたところ、最後の「われの伝言」まで読んで反芻してみると、よく電話などで「メッセージを録音したあとで♯《シャープ》を押してください」という「♯」であることに気付いた。と同時に「♯」を押すことによって「古井戸に沈め」てきたはずの「伝言」を、さらに半音あげることによってもっと大きなものへ向けての「伝言」としてうたおうとしているのではないかと思ったことである。

けさは雪　ぽつんと寒気ひびかせる真鴨のやうなわたくしのこゑ
飛び石はしろたへやはく睡りたり雪もろともに溶けむばかりに
雪ふかく落つる椿の向う見ず　この世に抜け穴まだありさうな

続いて、こんな「雪」の歌が詠まれている。「けさは雪」のなかで「真鴨のやうなわたくしのこゑ」となり、「飛び石」は溶けんばかりになり、「落つる椿」はこの世を抜け出してもう一つの「抜け穴」をも予言してゆく。春日真木子はこの世にあって「真鴨」になり、「石」や「椿」に仮託してなにか明日への「伝言」をうたい、伝えようとしているのであろう。

タゴール像ありとし聞けば師走尽零下七度の碓氷峠へ
「わが血管をながれる生命《いのち》が世界を貫く」力強しも胸打つひびき
「人類不戦」唱へしタゴール香ばしも憲法九条あやふき今こそ
タゴールの胸を囲みて青草の萌ゆる日待たむ春遠からじ
雪も樹もタゴールも吾も奏であふ同じ鼓動に宇宙のリズムに

集中、「峠のタゴール」と題した三十三首の連作がある。ラビンドラナート・タゴールはインドの詩人で、日本に何度も来たことがある。春日真木子はこのタゴールに共感して『タゴール詩集』を読み、「零下七度」の碓氷峠のタゴール記念像を見に行く。タゴールの言う「わが血管をながれる生命が世界を貫く」に胸打たれ、「人類不戦」に日本の「憲法九条」をかさね、「青草の萌ゆる日」を希求し、雪や樹の奏でる鼓動に「宇宙のリズム」を感じるのである。この人間や自然の奏でる〈いのち〉の讃歌こそ、この歌集の特徴である。

虹の環のいま目の前に立てること太陽系水惑星にわれら在ること
あれよあれよと過ぎてたちまち見えずなる地球時間の一年とふは

また、はるかなる「太陽系」のなかにあって「水惑星」である地球にうまれて在る〈いのち〉を思い、何億年かの「地球時間」の中の「あれよあれよ」と過ぎてゆく「一年」を透視するのである。この、はるかなる時間や空間を見通すパースペクティヴこそ、春日の類《たぐい》まれなる特徴になっている。

運命か風かは知らね女坂のぼりつつ吾を押しあぐるもの
切炭に火の渦おこるよろこびを教へつわれは祖母《おほはは》なれば
春の樹に水音聴かむ丸めたる画用紙あてて耳のうるほふ

春日真木子は、「風」の歌人と言われ、「火」の歌人と言われ、「水」の歌人と言われて久しい。この歌集の中でも「風」「火」「水」の歌は頻出する。彼女は「風」や「火」や「水」と共に未知なる空間へと飛翔していくのである。

生きとほす声をあげゐむ蛇《くちなは》の弛びつつ過ぐ紅葉の下を
昏れ残りまだ観る人の廻りをり闇の臓器のやうなる紅葉

この臓器感覚とでもいうべき発想によって、萌え出るような〈いのち〉がきざまれている。「生きとほす声をあげゐむ蛇《くちなは》」、「闇の臓器のやうなる紅葉」と言い、自己の臓器感覚を通して「蛇」や「紅葉」に同化しうたうのである。

赤き火の消えて沈むを見て眠る明日は朝焼け

あたらしき朝

掉尾の一首。まずは今日の一日を「赤き火」（夕日）とともにしずかに終えて、「明日は朝焼けあたらしき朝」と、確信とも、断定とも、予言ともとれる「伝言」でうたい終えるのである。尽きることなき〈いのち〉と、悠久の〈いのち〉が謳歌された一巻である。

（「NHK短歌」二〇一〇年二月号）

むらさきの祈り
――『百日目』

栗木京子

『風の柱』に続く第十一歌集。八十代前半の日々の歌が収められているが、作者の歌のこの若々しさはどこから来るのだろうと歌集を読みながら幾度も思った。

寅年のわがたましひの飢うる日か真竹のみどり硝子戸を打つ
いまわれは円の中心輪をちぢめ降りくる鳶に狙はれながら
思ひたつ途端に踏み出すわが一歩まだ行かぬ道向日葵までを

伝統ある結社「水甕」の代表として講演や執筆や選歌や編集に多忙を極める作者である。掲出歌の

「わがたましひの飢うる日」「鳶に狙はれながら」「まだ行かぬ道」などの表現には迷いや不安が揺曳しており、折々に重い決断や責任を迫られる日常の緊張感がうかがえる。だが、いずれの歌も一首全体の雰囲気は少しも暗くない。それは「真竹のみどり硝子戸を打つ」「いまわれは円の中心」「思ひたつ途端に踏み出すわが一歩」といった毅然とした表現が歌に活力を吹き込んでいるからであろう。三首とも「静」というよりは「動」の歌。しかも背筋のすっきりと伸びた「動」の歌と言える。

梅に母　桜に女《をみな》潜めるが八十歳のわれの華やぎ

かたちなく身を囲るもの草木の芽立ちてあればそを春といふ

霧ながれ紅葉くれなゐ濡れやすし赤染衛門の人待つ心

前掲のようにきりりと雄々しい歌がある一方で、このような優美な歌が収められているのも歌集の若々しさの要因であろう。一首目は言葉遊びが楽しい歌。漢字を分解してみると「梅」には「母」の字が潜み、「桜」には「女」の字が潜んでいる。そう気付いて梅や桜の花を眺めるとき、作者の内部にも母として女性としてのときめきが脈打ちはじめたのである。しっとりとした情感を湛えつつも、ナルシシズムに陥っていないところに惹かれる。二首目は「かたちなく身を囲るもの」という繊細な感受性がまぶしい。かたちは持たないけれど作者の周囲をほのかに明るませる気配がある。ふと見回すと草木が芽を吹いて、ああこれが春の息づかいなのだ、と発見したのである。五七調のしらべに弾むような華やぎがあり、愛唱性に富む一首になっている。また、春の予感を詠んだ二首目に対し、三首目は秋の抒情を七五調のしらべに託して表している。「人待つ心」に典雅な気韻が香り立ち、固有名詞「赤染衛門」が紅葉の鮮やかさと呼応しているところも忘れがたい。

針魚の身ほぐして載する春の舌熱く脈うつみどりごの舌
差出人ゲリラ豪雨に消されたり絵ハガキつるりと届く夕ぐれ
細胞膜同じと聞けば親しかり秋の樺の肌撫でにつつ

時に強靭に、時には匂いやかに対象と向き合う作者の姿勢はじつに柔軟である。一首目の「みどりご」は曾孫。作者、娘、孫娘、曾孫と続く四代の女の絆はこれまでの歌集においても折にふれて詠まれてきた。この歌の「熱く脈うつみどりごの舌」にも命の連鎖の確かさを感じ取ることができる。さらに二首目の「ゲリラ豪雨」、三首目の「細胞膜」も好奇心を全開にして詠まれており、作者の有するセンサーの鋭さに圧倒されるばかりである。

そして、そうした鋭敏かつ柔軟な作者の感性と認識は三月十一日の東日本大震災に際してもこまやかに反応し、印象深い歌を生み出すことになった。震災から百日間の思いは歌集巻頭の「棒立ち」「百日目」の各章に、出来事に誠実に心を添わせつつ詠まれている。

底ごもり響動《どよ》む気配す庭土をてんでばらばら雀とびたつ
疎開して来よとの便り枕辺に今宵は体《たい》を平《ひら》めて寝ねむ
百日目今日の菖蒲はむらさきを垂りて一刻鎮もりてをり

一首目は震災当日の歌。濁音を多用した語調から底知れぬ無気味さが伝わるが、下句に可憐な雀たちの姿を配したことで丁寧な観察眼の光る歌になっている。二首目は西日本在住の知人からの誘いであろうか。「疎開」の語が生々しさを呼ぶ。そして三首目では震災から百日が過ぎた六月半ばの菖蒲苑の光景が詠まれている。余震や放射能の不安に怯える日々。健気に咲いた菖蒲を「むらさきを垂りて」と捉えたとき、作者の中に静かに湧き上がる祈りがあったに違いない。その祈りは歌集『百日目』一巻を貫く清らかな信念でもあるのだ。

（「短歌」二〇一二年一月号）

「水甕」百年と日常愛

篠　弘

この著者の「水甕」は、共に創刊百年を迎えた「国民文学」や「潮音」、九十年の「アララギ」とも異なり、その中核となる歌人が激しく変動してきた。自然主義から、観念的な心境詠へ、リアリズムからモダニズムなどへと、多彩な作風が競合しあう。その基底にあったものは何かというと、詩性と思索との相克と融合ではなかったろうか。

昭和二十九年に作歌を始めた著者は、中城ふみ子に衝撃をうけ、葛原妙子・斎藤史らの抽象化志向にうながされながら、リアリズムに根ざした人間存在に目を向けられてきたのであって、「水甕」の担う、百年の重圧をすすんで受容されてきた歌人と言えよう。

緑陰に本を繰りつつわが呼吸《いき》と幸《さき》くあひあふ
万の言の葉

今年の歌会始に際して、召人として出詠された一首で、皇后の御歌〈来《こ》し方《かた》に本とふ文《ふみ》の林ありてその下陰に幾度《いくど》いこひし〉のモチーフに呼応するとして、じつに「水甕」内部でも好評であったことを知る。

新しい第十二歌集『水の夢』（平27・1）は、もとより創刊百年を身を以て祝うものである。

ひとつ火を継ぎて継ぎての百年ぞわれは九人
目アンカーにあらず

これが代表歌。下句の意思表示が適切であり、かつ結句〈アンカーにあらず〉に祈りが籠る。

くれなゐの一茎ごとが支へをり火山灰地の蕎
麦の実りを

粗い扇状地に育った蕎麦の生命力を詠んだ、まさにリアリズムに見えながら、〈蕎麦の実り〉が暗喩となって、やはり百年の結実を祝うものとなる。

蝸牛殻を負ふのは宿命か角出せ槍出せ殻脱ぎ
てみよ

著者にとって珍しいことに、背負った宿運をユーモラスに捉えた試みもうかがわれる。〈宿命〉を換言すれば、さらにアイロニカルトーンが生きよう。

ひるがへりもりもりあがりつつ瑞の葉のみるみる
覆ふ椎の一樹を

みずみずしい若葉を詠むリアリズムの自然詠も、若い新人のはぐくまれることを希う、創刊百年のひろがりを感じさせる詩的表現に見えてきたりする。篠の持論となってしまうが、動植物の生命力をみずからの身体感覚、特に触覚で把握された作品に、著者のいきいきとした気力が溢れている。

たんぽぽも菫もまじる若草によろこびてゐるわが土踏まず

雀子のこゑ濡れてをり雪晴れの浄き中空わがものとして

かたまりて且つ押し合ひて実りしか枇杷黄熟の擦り傷を撫づ

首寄せて柿の一つ実つつきをり鳥といへども複数がよし

朝空に捥ぎたる林檎きしきしと張りつめてあり臍《ほぞ》愛らしも

一位の実いまだに赤き一粒が夏痩せわれの心を照らす

己が〈土踏まず〉で確かめた感受性。雀の〈こゑ濡れてをり〉という発見。枇杷の〈擦り傷を撫づ〉と慈しむ手の動き。また、柿に〈首寄せて〉啄むという、鳥の生態への観察力などが鋭い。さらに林檎の〈臍《ほぞ》〉の深さをいとおしむ優しさに注目した。

これらは対象を遠望した叙景歌ではない。わが身の一部となり、自然との一体感が息づいた、ある齢に達した者が獲得された日常愛の深化にほかならない。

くろぐろと土濡れてをり宣戦の霜の朝《あした》を語り継がむに

後半の「くろ土」の一首。これは、亡き父松田常憲が開戦日に詠んだ〈開戦のニュース短くをはりたり大地きびしく霜おりにけり〉という、名歌を手懸かりにしたものである。父が怖れた不安を共有したい願いがひしひしと伝わってくる。この名歌を詞書に入れるならば、この一連の時代認識が明快になるであろう。

（「短歌」二〇一五年七月号）

歌の歴史と新しさ

酒井佐忠

大ベテランの春日真木子が、第七回日本歌人クラブ大賞を受賞した。歌集『水の夢』の刊行のほか、創刊一〇〇年を超える歌誌「水甕《みずがめ》」を運営し、長年、毅然として短歌一筋に生きる歌人の受賞がうれしい。『水の夢』は人生的な味わいと自在な若々しさをあわせ持ち、その枯れることのない大きさが大賞にふさわしい。また『水甕』を率いて多くの歌人を支えた功績は甚大で、深く敬意を表したい」という選考理由も決してオーバーではない。

〈あたらしき発心のあれ水甕の百年の水汲みあげにつつ〉。尾上柴舟らを中心に創刊された「水甕」は、常に自由を求め、「和して同ぜず」という個性を尊重した。春日は、その精神を守りつつ一〇〇年を迎えても「新しい水」を汲《く》み上げたいと思う。〈夢はまた火色の言葉と知るまでをあなたと歩く熱砂の上を〉。そして夢。「夢は小さな生命。ふたたび今日を生きる私の原動力」とも春日は言う。歌人のこころを揺るがす水と、生命の火色の言葉を生む夢。水と夢に支えられ春日は生き、歌う。

「また、ゼロから出発です。これからは人生のボーナスタイム。気ままに自由闊達《かったつ》に、歌の力と夢見る力を原動力に、一つの志をかがり火を掲げるように持続していきたい。こころを揺らしながら、生命の輝きを歌っていきたい」と授賞式で語った歌人は、いま九〇歳。精神の輝きが見事だ。

（「毎日新聞」「詩歌の森へ」二〇一六年六月二〇日）

春日真木子略年譜

大正一五年（一九二六年）　一歳
二月二六日、鹿児島市薬師町に生まれる。父 松田常憲、母 ソノの長女。独り娘であった。

昭和二年（一九二七年）
父 常憲の転勤により名古屋へ移る。同年岩谷莫哀死去のため、水甕社は東京より名古屋へ移り、石井直三郎監修のもと、常憲が教師の傍ら編集に携わる。

昭和五年（一九三〇年）　四歳
二月、これより水甕社が松田家へ移る。

昭和七年（一九三二年）　六歳
愛知県立男子師範小学校入学。低学年の頃は虚弱、高学年は無欠席。

昭和一三年（一九三八年）　一二歳
石井直三郎死去（一一年）により「水甕」を中央誌にすべく父は決意、四月上京。私立三輪田高女入学、五年間無欠席にて皆勤賞を受く。

昭和一八年（一九四三年）　一七歳
私立千代田女専家政科入学、一年終了後空襲激化のため中退。四月、三井鉱山㈱人事部勤務。二〇年、疎開準備のため退社。西多摩郡大久野村へ父と共にリュックで荷物を搬ぶ。

昭和二一年（一九四六年）　二〇歳
十月、岡野博と結婚、松田家に同居。二四年、長女いづみ誕生。

昭和二九年（一九五四年）　二八歳
夫が癌により闘病の末死去。作歌をはじめる。

昭和三〇年（一九五五年）　二九歳
一月、「水甕」入社。熊谷武至に選を受く。三二年、三十首競詠「花のない季節」で「水甕新人賞」。

昭和三三年（一九五八年）　三二歳
三月一三日、かねてより胃弱を訴えていた父が急逝。既に春日俊男との再婚が決まっており、五月の再婚までの間、父の『続長歌自叙伝』（白玉書房）を熊谷武至の力添えにより編集刊行。いづみを連れ札幌へ移る。母ソノは周囲の要望により、引き続き水甕社事務局を担当する。

昭和四六年（一九七一年）　四五歳

札幌在住の頃は、作家澤田誠一氏の読書会に参加。三月、夫の転勤により苫小牧へ移る。七月、角川書店主催第一回「ヨーロッパ短歌の旅」に参加。団長窪田章一郎氏、他に中西悟堂、伊藤嘉夫氏ら。これより再び作歌に励む。

昭和四七年（一九七二年）　四六歳

六月、夫の本社帰任により東京へ戻る。一一月、第一歌集『北国断片』（短歌研究社）刊。翌年六月、水甕六十周年記念大会に於いて「水甕賞」受賞。この頃、木村捨録氏の斡旋により石田耕三、市原克敏氏らと「作品研究会」を始める。七年間つづく。社内では甲山幸雄、高嶋健一を中心に語りあう。やきものに興味を抱き、G・バシュラールの書を読み始める。

昭和五〇年（一九七五年）　四九歳

七月、水甕主幹加藤将之死去。以後、熊谷武至を中心に水甕誌の編集が始まる。編集委員。

昭和五一年（一九七六年）　五〇歳

一〇月、「十月会」入会（十年間）。ルドルフ・シュタイナーの人智学に興味をもち、美学者高橋巖氏、国立博物館彫刻室金子啓明氏の講義を受く。併せて陶磁評論家杉浦澄子氏に、やきものの講義を聞く。

昭和五二年（一九七七年）　五一歳

九月、NHK「この人と語ろう——浜田庄司」に出演。浜田氏の言葉から、作品は構想するのではなく、無意識下より生まれてくるという無作為の美を知る。翌年五月、杉浦澄子氏らと韓国へ「陶芸の旅」。

昭和五四年（一九七九年）　五三歳

七月、第二歌集『火中蓮』（短歌新聞社）刊。生活的、此岸的であった『北国断片』と較べて、芸術的、彼岸的、と田井安曇氏の評言を受く。写実から抽象へと苦しんだ時代である。翌年六月、第七回日本歌人クラブ賞受賞。五六年、現代歌人協会々員となる。

昭和五七年（一九八二年）　五六歳

六月、母ソノ死去。これより水甕社事務局を担当することとなる。拒みつづけたが、熊谷武至の懇望による。九月、第三歌集『あまくれなゐ』（不識書院）刊。

昭和五八年（一九八三年）　五七歳

四月、母の遺稿歌文集『花幽』（短歌研究社）を編集刊行。七月、水甕主幹熊谷武至死去、これより運営委員会制となり、運営委員。

昭和六〇年（一九八五年）　五九歳

玉城徹氏を中心とする「現代短歌を評論する会」実行委員（四年間）、この頃より「言葉」に対しこだわる。社内では「ことば雑記」を連載の榛名貢に示唆を受ける。

昭和六一年（一九八六年）　六〇歳

九月、水甕選者となる。一〇月、水甕運営委員長市川享死去。一一月、『松田常憲全歌集』（短歌新聞社）刊。一二月、水甕発行人となる。市川の死に伴い、運営委員長高嶋健一、副委員長春日の新体制に入る。

昭和六二年（一九八七年）　六一歳

五月、第四歌集『空の花花』（短歌新聞社、現代短歌全集第67巻）刊。翌年三月、自解100歌選『春日真木子集』（牧羊社）刊。

平成元年（一九八九年）　六三歳

六月、現代歌人協会理事（四年間）、日本文藝家協会々員。ライオンズクラブ国際協会「ライオン誌」日本語版の歌壇選者となる。

平成三年（一九九一年）　六五歳

九月、第五歌集『はじめに光ありき』（不識書院）刊。「見る」「見方を変える」を主張した。これにより第13回ミューズ女流文学賞。翌年七月、「歌壇」「今月のスポット」に。

平成五年（一九九三年）　六七歳

七月、主婦の友社の要請により『私の短歌作法』

（オリジン社）刊。主婦の友通信教育「短歌講座」始まる。

平成六年（一九九四年）　六八歳

四月、主婦の友文化センター講師（同センター終熄まで）。一一月、夫死去。

平成七年（一九九五年）　六九歳

八月、第六歌集『野菜涅槃図』（砂子屋書房）刊。一二月、現代短歌集成『春日真木子集』（沖積舎）刊。

平成九年（一九九七年）　七一歳

明治記念綜合歌会委員。八月、水甕創刊一〇〇〇号を迎える。一〇月二〇日、朝日新聞「テーブルトーク」に掲載さる。水甕百年まで「車椅子に乗ってでも続けたい」と意気を示した。九月、『春日真木子歌集』（砂子屋書房、現代短歌文庫23）刊。「短歌四季」特集「春日真木子アルバム」。

平成一〇年（一九九八年）　七二歳

四月、現代歌人協会主催「日中短歌シンポジウム」に参加、北京へ。

平成一一年（一九九九年）七三歳

一月、宮中歌会始陪聴。九月、第七歌集『黒衣《くろご》の虹』（短歌新聞社、現代女流短歌全集53）刊。

平成一二年（二〇〇〇年）　七四歳

「歌壇」新人賞選考委員（五年間）、歌人協会短歌大賞選考委員（一二年、一三年）、この年より長崎諏訪神社献詠選者。

平成一四年（二〇〇二年）　七六歳

明治記念綜合歌会常任委員。六月、「水甕柴舟賞」受賞。

平成一五年（二〇〇三年）　七七歳

二月、短歌新聞社文庫として『火中蓮』刊。五月、水甕運営委員長高嶋健一死去、代わって運営委員長となる。一一月、「短歌四季」にて「春日真木子」特集。

平成一六年（二〇〇四年）　七八歳

一月、歌書『野方ノオト』（角川書店）刊。「見る眼をあたらしくする」「言葉を揺らす」を強調している。六月、水甕運営委員会制を廃止、代表となる。九月、第八歌集『生《あ》れ生《あ》れ』（砂子屋書房）刊。
短歌新聞社賞選考委員（一六年、一七年）

平成一七年（二〇〇五年）　七九歳

九月、「竹酔日」三十首により第41回短歌研究賞受賞。一二月、『尾上柴舟全詩歌集』（短歌新聞社）を委員及び社中の協力により刊行。『火の辺《へ》虹の辺《へ》』（短歌新聞社、新現代歌人叢書20）刊。

平成一八年（二〇〇六年）　八〇歳

九月、第九歌集『燃える水』（短歌研究社）刊。

平成一九年（二〇〇七年）　八一歳

八月、水甕鮎支社による『春日真木子一〇一首鑑賞』（ながらみ書房）刊。一〇月、水甕社内の協力により滋賀近江神宮に歌碑建立。〈人間の知恵のはじめよひそひそと秘色《ひそく》の水に刻《とき》まあたらし〉—境内の漏刻を詠む—。六日、除幕式。

平成二〇年（二〇〇八年）　八二歳

「短歌現代」新人賞選考委員（二三年まで）。一〇月一八日「春日真木子短歌抄」（松本康子作曲による合唱組曲）津田ホールにて初演。

平成二一年（二〇〇九年）　八三歳

柴舟会代表幹事（二六年まで）。六月、佐渡鷲山荘文学碑林に建碑。九月、第十歌集『風の柱』（角川短歌叢書）刊。

平成二三年（二〇一一年）　八五歳

七月、TV「うた人のことば」、四回に亘り二首ずつの自作朗読が放送される。九月、第十一歌集『百日目』（本阿弥書店）刊。伊語による春日真木子歌集『弥勒のうなじ』イタリアにて刊行。

平成二四年（二〇一二年）　八六歳

一一月、現代短歌社第一歌集文庫『北国断片』刊。

平成二五年（二〇一三年）　八七歳

四月七日、水甕創刊一〇〇年記念大会。イタリアよりパオロ・ラガッツィ氏を招き、篠弘氏と対談。司会酒井佐忠氏。祝宴は来賓五十名、会員二百五十名、京王プラザホテルにて。現代短歌社賞選者（二六年まで）。

平成二六年（二〇一四年）　八八歳

一月、宮中歌会始陪聴。五月、明治記念綜合歌会顧問。

平成二七年（二〇一五年）　八九歳

一月一四日、宮中歌会始、召人、御題「本」応制歌〈緑陰に本を繰りつつわが呼吸《いき》と幸《さき》くあひあふ万の言の葉〉。第十二歌集『水の夢』（角川学芸出版）刊。

平成二八年（二〇一六年）　九〇歳

五月、『水の夢』により第七回日本歌人クラブ大賞受賞。

平成二九年（二〇一七年）　九一歳

一二月、『続 春日真木子歌集』（砂子屋書房、現代短歌文庫134）刊。

続　春日真木子歌集　　　現代短歌文庫第134回配本

2017年12月25日　初版発行

著　者　春　日　真　木　子

発行者　田　村　雅　之

発行所　砂　子　屋　書　房

〒101-0047　東京都千代田区内神田3-4-7

電話　03－3256－4708

Fax　03－3256－4707

振替　00130－2－97631

http://www.sunagoya.com

装幀・三嶋典東　　落丁本・乱丁本はお取り替えいたします

現代短歌文庫

（ ）は解説文の筆者

①三枝浩樹歌集
『朝の歌』全篇

②佐藤通雅歌集（細井剛）
『薄明の谷』全篇

③高野公彦歌集（河野裕子・坂井修一）
『汽水の光』全篇

④三枝昻之歌集（山中智恵子・小高賢）
『水の覇権』全篇

⑤阿木津英歌集（笠原伸夫・岡井隆）
『紫木蓮まで・風舌』全篇

⑥伊藤一彦歌集（塚本邦雄・岩田正）
『瞑鳥記』全篇

⑦小池光歌集（大辻隆弘・川野里子）
『バルサの翼』『廃駅』全篇

⑧石田比呂志歌集（玉城徹・岡井隆他）
『無用の歌』全篇

⑨永田和宏歌集（高安国世・吉川宏志）
『メビウスの地平』全篇

⑩河野裕子歌集（馬場あき子・坪内稔典他）
『森のやうに獣のやうに』『ひるがほ』全篇

⑪大島史洋歌集（田中佳宏・岡井隆）
『藍を走るべし』全篇

⑫雨宮雅子歌集（春日井建・田村雅之他）
『悲神』全篇

⑬稲葉京子歌集（松永伍一・水原紫苑）
『ガラスの檻』全篇

⑭時田則雄歌集（大金義昭・大塚陽子）
『北方論』全篇

⑮蒔田さくら子歌集（後藤直二・中地俊夫）
『森見ゆる窓』全篇

⑯大塚陽子歌集（伊藤一彦・菱川善夫）
『遠花火』『酔芙蓉』全篇

⑰百々登美子歌集（桶谷秀昭・原田禹雄）
『盲目木馬』全篇

⑱岡井隆歌集（加藤治郎・山田富士郎他）
『鷲卵亭』『人生の視える場所』全篇

⑲玉井清弘歌集（小高賢）
『久露』全篇

⑳小高賢歌集（馬場あき子・日高堯子他）
『耳の伝説』『家長』全篇

㉑佐竹彌生歌集（安永蕗子・馬場あき子他）
『天の螢』全篇

㉒太田一郎歌集（いいだもも・佐伯裕子他）
『墳』『蝕』『獵』全篇

現代短歌文庫

（　）は解説文の筆者

現代短歌文庫

（　）は解説文の筆者

㊺上野久雄歌集（吉川宏志・山田富士郎他）
『夕鮎』抄、『バラ園と鼻』抄他

㊻山本かね子歌集（蒔田さくら子・久々湊盈子他）
『ものどらま』を含む九歌集抄

㊼松平盟子歌集（米川千嘉子・坪内稔典他）
『青夜』『シュガー』全篇

㊽大辻隆弘歌集（小林久美子・中山明他）
『水廊』『抱擁韻』全篇

㊾秋山佐和子歌集（外塚喬・一ノ関忠人他）
『羊皮紙の花』全篇

㊿西勝洋一歌集（藤原龍一郎・大塚陽子他）
『コクトーの声』全篇

(51)青井史歌集（小高賢・玉井清弘他）
『月の食卓』全篇

(52)加藤治郎歌集（永田和宏・米川千嘉子他）
『昏睡のパラダイス』『ハレアカラ』全篇

(53)秋葉四郎歌集（今西幹一・香川哲三）
『極光―オーロラ』全篇

(54)奥村晃作歌集（穂村弘・小池光他）
『鴇色の足』全篇

(55)春日井建歌集（佐佐木幸綱・浅井愼平他）
『友の書』全篇

(56)小中英之歌集（岡井隆・山中智恵子他）
『わがからんどりえ』『翼鏡』全篇

(57)山田富士郎歌集（島田幸典・小池光他）
『アビー・ロードを夢みて』『羚羊譚』全篇

(58)続・永田和宏歌集（岡井隆・河野裕子他）
『華氏』『饗庭』全篇

(59)坂井修一歌集（伊藤一彦・谷岡亜紀他）
『群青層』『スピリチュアル』全篇

(60)尾崎左永子歌集（伊藤一彦・栗木京子他）
『彩紅帖』全篇『さるびあ街』（抄）他

(61)続・尾崎左永子歌集（篠弘・大辻隆弘他）
『春雪ふたたび』『星座空間』全篇

(62)続・花山多佳子歌集（なみの亜子）
『草舟』『空合』全篇

(63)山埜井喜美枝歌集（菱川善夫・花山多佳子他）
『はらりさん』全篇

(64)久我田鶴子歌集（高野公彦・小守有里他）
『転生前夜』全篇

(65)続々・小池光歌集
『時のめぐりに』『滴滴集』全篇

(66)田谷鋭歌集（安立スハル・宮英子他）
『水晶の座』全篇

現代短歌文庫

（　）は解説文の筆者

⑰今井恵子歌集（佐伯裕子・内藤明他）
『分散和音』全篇

⑱続・時田則雄歌集（栗木京子・大金義昭）
『夢のつづき』『ペルシュロン』全篇

⑲辺見じゅん歌集（馬場あき子・飯田龍太他）
『水祭りの桟橋』『闇の祝祭』全篇

⑳続・河野裕子歌集
『家』全篇、『体力』『歩く』抄

㉑続・石田比呂志歌集
『孑孑』『忘八』『涙壺』『老猿』『春灯』抄

㉒志垣澄幸歌集（佐藤通雅・佐佐木幸綱）
『空壜のある風景』全篇

㉓古谷智子歌集（来嶋靖生・小高賢他）
『神の痛みの神学のオブリガード』全篇

㉔大河原惇行歌集（田井安曇・玉城徹他）
未刊歌集『昼の花火』全篇

㉕前川緑歌集（保田與重郎）
『みどり抄』全篇、『麥穗』抄

㉖小柳素子歌集（来嶋靖生・小高賢他）
『獅子の眼』全篇

㉗浜名理香歌集（小池光・河野裕子）
『月兎』全篇

㉘五所美子歌集（北尾勲・島田幸典他）
『天姥』全篇

㉙沢口芙美歌集（武川忠一・鈴木竹志他）
『フェベ』全篇

㊵中川佐和子歌集（内藤明・藤原龍一郎他）
『海に向く椅子』全篇

㊶斎藤すみ子歌集（菱川善夫・今野寿美他）
『遊楽』全篇

㊷長澤ちづ歌集（大島史洋・須藤若江他）
『海の角笛』全篇

㊸池本一郎歌集（森山晴美・花山多佳子）
『未明の翼』全篇

㊹小林幸子歌集（小中英之・小池光他）
『枇杷のひかり』全篇

㊺佐波洋子歌集（馬場あき子・小池光他）
『光をわけて』全篇

㊻続・三枝浩樹歌集（雨宮雅子・里見佳保他）
『みどりの揺籃』『歩行者』全篇

㊼続・久々湊盈子歌集（小林幸子・吉川宏志他）
『あらばしり』『鬼龍子』全篇

㊽千々和久幸歌集（山本哲也・後藤直二他）
『火時計』全篇

現代短歌文庫

（　）は解説文の筆者

現代短歌文庫

（　）は解説文の筆者

111 木村雅子歌集（来嶋靖生・小島ゆかり他）
『星のかけら』全篇

112 藤井常世歌集（菱川善夫・森山晴美他）
『氷の貌』全篇

113 続々・河野裕子歌集
『季の栞』『庭』全篇

114 大野道夫歌集（佐佐木幸綱・田中綾他）
『春吾秋蟬』全篇

115 池田はるみ歌集（岡井隆・林和清他）
『妣が国大阪』全篇

116 続・三井修歌集（中津昌子・柳宣宏他）
『風紋の島』全篇

117 王紅花歌集（福島泰樹・加藤英彦他）
『夏暦』全篇

118 春日いづみ歌集（三枝昻之・栗木京子他）
『アダムの肌色』全篇

119 桜井登世子歌集（小高賢・小池光他）
『夏の落葉』全篇

120 小見山輝歌集（山田富士郎・渡辺護他）
『春傷歌』全篇

121 源陽子歌集（小池光・黒木三千代他）
『透過光線』全篇

122 中野昭子歌集（花山多佳子・香川ヒサ他）
『草の海』全篇

123 有沢螢歌集（小池光・斉藤斎藤他）
『ありすの杜へ』全篇

124 森岡貞香歌集
『白蛾』『珊瑚數珠』『百乳文』全篇

125 桜川冴子歌集（小島ゆかり・栗木京子他）
『月人壮子』全篇

126 柴田典昭歌集（小笠原和幸・井野佐登他）
『樹下逍遙』全篇

127 続・森岡貞香歌集
『黛樹』『夏至』『敷妙』全篇

128 角倉羊子歌集（小池光・小島ゆかり）
『テレマンの笛』全篇

129 前川佐重郎歌集（喜多弘樹・松平修文他）
『彗星紀』全篇

130 続・坂井修一歌集（栗木京子・内藤明他）
『ラビュリントスの日々』『ジャックの種子』全篇

131 新選・小池光歌集
『静物』『山鳩集』全篇

132 尾崎まゆみ歌集（馬場あき子・岡井隆他）
『微熱海域』『真珠鎖骨』全篇

現代短歌文庫

（　）は解説文の筆者

⑬続々・花山多佳子歌集（小池光・澤村斉美他）
『春疾風』『木香薔薇』全篇

（以下続刊）

吉川宏志歌集　　石井辰彦歌集
水原紫苑歌集　　篠弘歌集
馬場あき子歌集　　黒木三千代歌集